陈毅诗稿

陈昊苏 陈丹淮
陈小鲁 陈珊珊
编

文物出版社

图书在版编目（CIP）数据

陈毅诗稿 / 陈昊苏等编．—北京：文物出版社，2021.12
ISBN 978－7－5010－7359－7

Ⅰ.①陈…　Ⅱ.①陈…　Ⅲ.①诗集－中国－当代　Ⅳ.①I227

中国版本图书馆 CIP 数据核字（2021）第 271824 号

陈毅诗稿

编　　者：陈昊苏　陈丹淮　陈小鲁　陈珊珊

责任编辑：张　玮
装帧设计：宝蕾元
责任印制：张　丽

出版发行：文物出版社
社　　址：北京市东城区东直门内北小街 2 号楼
邮　　编：100007
网　　址：http://www.wenwu.com
经　　销：新华书店
印　　刷：宝蕾元仁浩（天津）印刷有限公司
开　　本：889mm × 1194mm　1/16
印　　张：11.75
版　　次：2021 年 12 月第 1 版
印　　次：2021 年 12 月第 1 次印刷
书　　号：ISBN 978－7－5010－7359－7
定　　价：100.00 元

目录

注：一、凡有*的，手稿字迹均有残损，〔　〕内的字为编者增补。
二、（　）内为已发表的正式名称。

突圍口占

大軍突敵圍，關山渡若飛，
今朝何處去，脈夢猶未歸。

反攻連下長汀龍岩

閩贛路千里，春花笑吐紅，我
軍氣獨壯，一鼓下汀龍。

宜黃樂安道中聞捷

羊腸鳥道嘆哆遣，千崖萬
壑入，野宿，程半桃李騷騷廣
長天涯月出郊眉，人民兒子

惜往殘、到處損傷仍神奇。

哭阮賢

最近因在中、阮賢是你、阮若
推廣表、賀名播出藝、當什
咽四無、之後見威嚴、哀哉同冥
圍、獨我得生全。

野營

惡風暴雨住無家、野營流
棲客往車、冷食無煙鎖永晝
拐綠睢禁陰对山花、害因昨改

常

哀舊侶，每視大軍渡金沙。
終恨無然青眼出，色追骨心
事須堅貫堅髮。

偷渡梅關

衰草連天夜月哀，敵壘
穿空一雁陣陣聞，攀藤附葛
君須記，萬載梅關留碧血。

登大庾嶺

大庾嶺上北天低，悵北望西風
雲急，國賊賣去一杯土遍地

烽火照红旗。

油山埋伏

走石飞沙大地狂，空山夜静忽闻狼，持枪推枕人惊坐，宛似当年在战场。

雪中野营闻号

风扫积冰碎萧飒，野营人对雪光横。遥闻敌垒寒吹角，持枪倚枕到天明。

答某同志

風吹雨打露沾衣，晝伏宵行
人跡稀，秦隴消息倩誰問，故
交息影夢中歸，信曾捎來，
暴政必、豈箕莫將外寇肥
，叛徒國賊皆可殺，任君南線
繫我安危。

梅嶺四三章

廿年革命即為家，血雨腥
風應有涯，取義成仁今日事，
人間種遍自由花。

我寫此記

中國民國二十七年，此類須向

國內熱心從死諸君多努力，

提倡天來畫紙錢。

五十七年來說是非，己生能繫

花安花，莫羨首過河受張世督，

履多良近九春如俗以當。

韓南游書十二首

憶南征集詞十二首

春曉，征人睡未早，露侵衣被

猶寒，樹間唧唧啼知了，滿身

〻〻影草。

〻〻飢腸響如鼓，

吃食也困難，糧食封

小〻菜衣中存，來法子斷，

〻〻有無。

沉陵福哉，抗〻交通

出無清見，居指野來之

求，求野再紛居。

行，淫雨荒蕪白野草

仁道無葉蓮悵，大樹應遺身樽

明，兄番田蔓居成。

放眼，對月吟野草，清風

來來，催睡廣衾，長身萬杉花

八，篇學中念詩情。

嬉，一卧醒又依放，林外鄰

陵探，喧嗽前四溢我瓶

胆要放小心。

叹缺粮，三月肉不尝，夏吃杨梅冬剥笋，猎取野猪遍山忙，捉蛇二更长。

满山抄，草木变枯焦，清剿残酷空前古，深惠埋伏我更真，任你杀和烧。

讲战术，稳坐钓鱼台，敌人找我偏不打，他不防备我偏来，十回胜九回。

靠人民，援助莫相忘，他是重
生親父母，我是剛强好兒郎，
革命須中強。
要學習，活用實堪悲，此日準
備好身手，他年戰場獲錦
歸，革命心不灰。
莫怨嗟，穩腳渡歲華，強
寇北國向關戰，大軍西去
渡金沙。抗日正開花。
偶得紅樓夢論衡 洪壽 三

国志桃花扇宏光实录诸书
翻阅数四皆廿年前见时过
目者试诗志感。

读红楼梦

辛酸道尽唐事可哀借题
金陵十二钗封建与之指
野史、山河寸寸著劫灰。

读论衡

早岁曾读王充书，向孔刺
孟气豪殊、此日摩学会

读遍清炊有味信当初。

三国人物

任将决策见雄风，尽我称帝霸江东，不何降表为谁去，只便守成负阿兄。

编席织履英雄事，何必藏假托真，东去蹊跌人已料，入蜀切得意负先生。

君真俊杰识时务，君悦刺郎催中材，痛哉回忽休

孝直、鱼水、等虞北
二十年内称强、横荆土巴于
最当行、可惜贵復分手乃、痛
心作保周文王。
異姓骨肉情最亲、东南大举
付孙君、荆襄寄近、缘何东
骄搞自大误之生。
刘备寄身似养虎、曹公北
地未休兵、江东诸将
厥心图御侮

是中心，民之[illegible]振救，吾侪应

自勉，莫作陈独秀。

宁平型向大理

百万旌旗抗战间，大军东出蒋

燕台，南方豪杰风云动，围

诸敌下山来。

军过兴国老营盘一九三〇年八月

余在此负重伤

驱车直上老营盘，大路通

今已三十年，[illegible]人

○飲酒一壺詩書一觴

但抵宜宾一九三八年，

荡漾泯绎平，河汉浩荡，

便扁舟容与，共人画叙，

我军忽味太平。

隄柳依垂矄曲斜，田家

夜膳话桑麻，兵船隐帆

人惶恐，此是日寇来扰

教。

[illegible]

[illegible]

[illegible]

[illegible]

[illegible]

[illegible]

[illegible]

答某君 一九四〇年

江南抗战地，请为万夫雄，除妻三拒脍，历揽一般同，任谁能抗敌，奉指和戎，投降缘何事，就为国已穷。强梁海上来，三斗龙飞闹，万家抛白骨，雄鬼满泉，反共必投敌，民主救难推，君知我意，慷慨自安危。

苏南江宁句容溧水金坛丹

偶偕故國民意以錦旗奉獻
上書抗日干城四字詩以賡
之。
巍冠博帶推儒將，耳熟酒
酣氣更豪、三斗抗戰
破敵收京報吾曹。
山河破碎思前事，抗日會作見
精誠、丈夫一怒安天下，躍馬橫
刀取東瀛。
送人赴泰州投效抗日合

作一九四一年

擎苟向天意阔为、宛转陈

情再致书、军令言谏

马援、大道何堪、致构陈、

鲁连不死蹈东海、谷稷

、悔走传车、漫君家鸣

六策、应撑自救惟厥

和。

十月革命节日寄八路军

南下部队首师各老同志

中有十年旦昔
十年第几人回、又见同侪
英灵归、江淮河汉念旌麾
红旗十月满天飞。
淮河临眺 一九四三年
中国最难年月里、柳岸沙
洲对夕晖、长天淮水鹭争
飞、云山入眼深空去、我欲
骑鲸去不归。
淮河香远

圃棋花下值日间，君醉飞觞我拟眠，风动落英美满衣，拈花微笑陶然。

过芒泽湖

扁舟飞渡起腾空，斜挂湖天多照红，夜波浅浅沙鸥宿息，听纷柳岸驰玉骢，

中秋二首诗作于大别探泽

年二戊辰又再枫，多年风云感慨中，明月画头思远

挙直家雄藩、夜鳴大風出此
江山堪感、屈居蹈跡建
章功、軸心鼎於重陽攪霹靂
山声破太空。
光景長新、挙目賞不因佳節
弥彩楼、黄雲波々稲梁熟、白鳥
鴎々荷芰愁、紅飲花前秋
不老化吟池畔、祝園寺
月寒侵秋入見天河會女牛。
読史の篇

门下三千客侯生真食客窃符郄
秦军独完救赵事不待凯旋自
刎颈以明志真豪傑气死诺入死
反轻易本以释嫌猜信陵反遭
忌醇酒与妇女公子死淋戮惜哉
王霸图不能自为计七雄多为
八魏最不为也
楚汉喜神话首推张子房城
北黄石公遗迹复坐播棵留侯赦
用事实托於游说亭长起来遂信

拜之乃為猶一旦功成後君臣猜
忌在鉤心鬬角殺勝屠張良
蕭何亦祇智故意爭田疆可憐
淮陰侯忠信非天亡復有未央
宮人彘出宮牆乃知專制國大
位踞虎狼惟有真民主權利
兩相忘
劉項爭天下是非存雖論史公
遺爲刑論到未失真在項而左
列評判為其多吾儕千載后

旁觀華夏清頹國辱封建
守舊攬往跡列季起草莽
農民集萬軍於此今復蕩
天下乃歸心不料兵解日帝王
從古皆以暴而易暴人民苦
難伸總由制度壞猶亂循環
生滅功為王首先啟印大藏一部
中國吾以此稱稱
賈生洛陽人少年多遠志太息復
流涕頻見禍亂居安不忘危

以危定脉利皇之治安策躍躍直
擬縱横文章遠異不絕纏綿悲
過湘吊屈原憂傷絶自棄瀉落
之上有天之下無地從今千載后
同情於海寄冀北良馬多伯樂
苦不遇釋羊途漢高封侯固易
之外衆不避仇滅親見大義今春
投日吾豈識此意
湖海秋雨微引
今我在戎行，尚言蔣文章，慷

慨每難及此會淋漓玉柔翰一
點筆定毫鋒成文字不有古人如
法歎聊自試師合每好舊頭
舊生能意大雅未能臻廣儲
早自棄去甘辰已矣每慕雅致
數韓王能破瘦渾樸古柔媚元
白自信淺列陸但悠肆隨後元
明清風標盡不隱縱情工寫勢
逵時頗高信一生甘苦今人判
孫果兼文序傳代雕蟲者可

雅堂兄七十六
儒存氣節斯寫居下
建為基礎流變益痛覺晚近
新詩出變革傳形式甚中洋八
股列位更未次名紅傳勢多變
新為體聖智人民千百萬蓬勃
諸生氣隨身在前茅屆伸展
正義此中真敢痛情文兩者
備豪氣無貫日月英風動大
也萬古千秋業天下為公愁

敢未拜作役賢之斯味世
忠大筆為許作創世紀者予
甚也魯公有運斤意淮南子
友歷代萬材異詩國耕
一出可立漢幟以薄言敵矣
之壇坐談錫

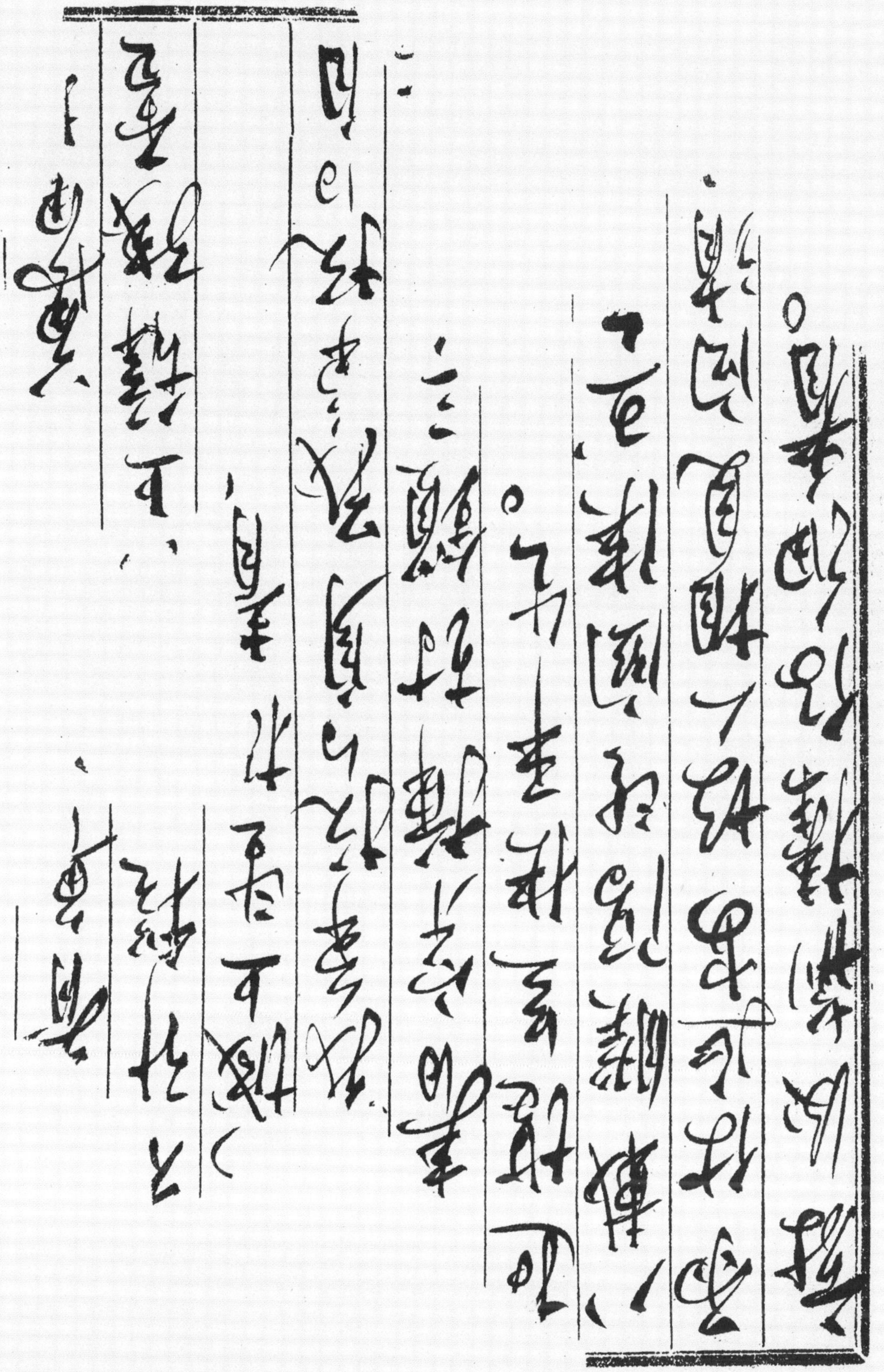

此心

華中留別

別々相依久、初別別亦、
記叮嚀語、早去
時為攜羅袂、華涸
明朝笑靨展、莫蕭蕭、
知我二三子、情深來
志莫負道、冬青耐山巖、
行行道太行、去去路正長、
細訴故舊、點々數鬢顏。
泗宿道中

拜之乃為號一旦功成後君臣猜
忌怯鈎心多鬭角殘勝屠張良
蕭何亦韜晦故意爭田疆可憐
淮陰侯忠信非天亡多有未央
宮人彘出宮精乃知專制國大
位踞虎狼惟有真民主權利
兩相忘
劉項爭天下是非存難論史公
遺高刑論列未失真在項羽左
列項判其分吾儕千載后

旁觀事更清頑固居封建
守舊攜維新列手起草莽
農民集萬軍於此亦復勞
天下乃歸心不料忽解帝王
從容善此是蒂而易暴人民苦
維伸總由制度壞治亂循環
生成功為王者失敗即大寇一部
中國吾以此稱稱
賈生洛陽人少年多遠志太息復
流涕頻見禍亂居安不忘危

臣危定陂剝皇之治安策躍躍直
擬賦漢文遠思君不緣絳灌毀
過湘弔屈原百憂傷絕自棄荒
之上有天從之下有地往今千載後
同情者海寓冀北良馬多伯樂
苦不遇解甲逢漢高封侯固易
之外策不用遇仇讎親見大義今當
挽日吾黨識此意

湖海秋閒徵引

今我在戎行行易言蘇文事事慷

慨無雅道興會淋漓玉柔翰一
點筆宛轉成文字才名古人如
法熟聊自試師今無好舊頭
舊生能意大雅未能躋廣儲
早自棄李杜長已矣無意難我
數韓王能琢瘦溫李苦柔媚元
白自傷淺列陸但恐肆降及元
明清風格無不隱緣情之寓意
達時頗寓信一生甘苦付人判
孫畢叢文庭傳化雕蟲者可

作者嘗暨上二八
儒存氣節所寫居下
建為其甚健流復益痛頌瞭近
新詩出段革儒段武甚中洋八
股列位更來次名紀時勢多變
就為聰聖智人民千百萬眾蓬勃
留生氣剛身在前學后伸年
正義此中真殺痛惜文兩若
備豪氣無貴白月英風動大
也萬古千秋業天下為公然

醒來神作從賢之斯世
志大業乎詩作創世紀兮
吾也魯定有違天意淮南多
友歷代英材異詩國龍
一此可立漢幟以譚言敵矣
之壇坐龍錫

有鱼、萬里

不计程，上饶残雪

城上望北青、

我年拔白身，我年拔白自

春穿挥封锁三、二

迢递是快平生。

八载暌隔泣涕五六、

而今延安故人相见向谁、

须从荆棘仔细看。

比心

華中留別

剛剛相依久、初別意、
記叮嚀語、早去
時看雜披羅後、華泗
明朝策駿馬、蕭蕭、
知我二三子、擔深未
去莫多道、冬青耐山巖、
行行過太行、去去路正長、
細訴故舊題之數聲頻。

泗宿道中

訪宿遷道今晨舊黃無河
邳睢蘇馬、煮酒醉歡醺。
十批殘月與、鐵騎送長征、百
差吠村犬穿插就似驚。
遠根救地沿途英送迎相
問安好老漁蒼頭人。
但遥得縣刻鄆居
廣王岡中、魂魄夢故鄉、衣
帶澤槊稀聯、一
家字四京、三嘆無

保国北疆军械傑
贵似披猖中国绝谄
佳最照影媚外而居内
刹那今当拉倭自
随倭人、只有人民在放
走。
怀道中遇蒋黄河
道千里沙旅集连宴山仍
细雨黄花皆人庄周多黄祖
飘雪花

過青南

小卡行人民今直豪霸屢

莊園多情蜀客向遺事居停苦

說初值權

從湖徵山逢生徵子首卷

從湖逢睦徵子首卷千古觀稱周之

頑而今騰薛蹊條冠投敵薪賞

應自慚

冀魯豫道中

山一程水一程萬里長征足不停

太行笑相迎　晝鑽行夜鑽行
敵偽封鎖穿插勤到處有軍
屯

夜宿微山湖畔

横穿江淮七百里行程已到微
山湖魯南山影嵯峨甚殘月
扁舟入畫圖

過太行山書懷

太行山似海、到處是陰霾、山峽十
峰、層巒当面立、仰望天一線、峭

看是前壁外线重雾浮、内线云
积寒、山阳云雾散、山阴白雪寒、山
石走清泉、千里趋海隅、清潭垂千
柳、滟滟稻粱足、日景色共耕锄、些子
殊江南俗。
我行半中国，廿年不暇二游。五岳居
三载，罗浮一年余，莫山纵是海仙
霞，万溜去冥回渡章贡埋伏到
九山头，武夷奇石秀，若茅山阳关崎岖
诸山色之隔，壁立峰峦耸，坡陂险不多

雄踞燕林泉最幽宜此当是太
行险峻第一
晓雾初入山解散、稻田万亩芦苇
平原小屋腰罗绕郭外一座小庐
燕山鞍巢楼山岸眉远画似人字倒影似
飞骑又似正南面又似棚篷撑又似
张锦屏彩笔指挥又似三人会
仰首争棋局、又似坡友、振掌谈
昔人以山庭南向来马奔河曲、忽见
未尝折、日即前黄天旋屏、相看泉

不厭、誇張紅不熄。
更念抗戰中、華北阻敵騎、平型首奏
捷、陽明堡奇蹟、妙算戰北平、擣其本
敵逃遁、大軍過古北、滿洲決藩籬、
東北進振渤海、齊魯青洋港、南
進戰蘇皖淮、泗波濤息、西征振鄭
洛、中原撐半壁、江淮洪澤乃
豈豎我旗、南下海南島、清素珠
江湄、我以三戰協、馳騁羽書急、
秋榮泰岡決、太行作骨脊、一九

的二年苦戰，破鐵壁之力出民兵，使敵寇戰慄，始知侵華戰百年無難畢。

背向人心有，到處醒群眾，於政施民主、聯合會軍政委、經濟委員會首革減租息，文化歸大眾，工農兵從一民向義務保提練，顯神奇，救年毒害多說痛心不足

半壁山河沉空海，几生知友戮沙場，日搜但勤人猶在，萬萬屍千傷萬冤爾雄，烟焰難熄自化天翻地覆五洲紅。

贈某同志

風吹雨打露沾衣，晝伏夜行人跡稀，春隴消息誰詢問，故交兒影夢中歸，瓜蔓抄來暴政久，一旦聲其前哭時，外寇胞、叛徒、國賊皆可殺，汝我南征

梅山被困伏草間傷病二十餘日，慮不得脫，得
詩三首留衣底。旋圍解。

絕命今日意如何，創業艱難百
戰多。此去泉台招舊部，十萬旌
旗斬閻羅。

南國烽烟二十年，此頭須向國
門懸。後死諸君多努力，捷報
飛來當紙錢。

卅年革命為家，血雨腥風
應有涯。取義成仁今日事，人

問經過華第幾花。
二十年來是耶非，一生繫得
幾安危，莫道浮雲終蔽日，嚴
冬過盡春蓓蕾。

大軍突敵圍，關山渡若飛。今朝何處是？照夢猶未歸。

閩贛路千重，春花笑吐紅。敗軍氣猶壯，一鼓下汀龍。

一九二九年春作

橫朔東容題記

游擊戰爭紀實　　陳毅

時間一九三五年至一九三七年。
地點在粵贛交界五嶺山脈一帶。
此詩作於一九三[illegible]年[illegible]，當時游擊戰爭情況的敘述是符合事實的。

（六）（夏）（对）

一、天將曉，隊員醒來早。露侵衣被夏猶寒，樹間唧唧鳴知了。滿身沾野草。

二、天將午，饑腸響如鼓。糧食封鎖已三月，囊中存米清可數。野菜和水煮。

三、日落西，促膝論兵機。交晨（通）出無消息，屈指歸來已誤期。立即就遷居。

四、夜難行，淫雨苦兼旬。野營已自無篷帳，大樹遮身待天明。幾番夢不成。

五、天放晴，對月設野營。清風送來催睡意，萬松[illegible]若雲屯。夢中念家情。

六、莫玩笑，耳語請放低。林外難免無敵操，前回咳嗽洩軍機。糾偏要心虛。

促

林　森

探

稳脚

[redacted]听安排。

[乖乖]

七、叹缺粮，三月肉不尝。夏吃杨梅冬剥笋，

猎取野猪遍山忙。捉蛇二更长。

[更]

八、讲战术，稳坐钓鱼台。敌人找我偏不打，他

不防备我偏来。[redacted]。

[屠]

九、满山抄，草木变枯[redacted]。敌人[redacted]空前古，

[焦]

[redacted]更高。

[人民反抗气]

[再请把兵交] [向周围]

十、[redacted]，稳脚度岁寒。强窃北国[redacted]大

军西去渡金沙。抗日要开花。

[莫怨嗟]

十一、靠人民，支援永不忘。他是重生亲父母，我是

斗争好儿郎，革命强中强。

十二、勤学习，落后实堪悲。此日准备好身手，

他年战场获锦归。前进心不灰。

断头今日意若何，创业艰难百战多。
此去泉台集旧部，旌旗十万斩阎罗。

细数烽烟二十年，此头须向国门悬。
诸君死后多努力，捷报飞来当纸钱。

廿年革命即为家，血雨腥风应有涯。
取义成仁此须事，人间遍种自由花。

一九三六年旧作　仲弘

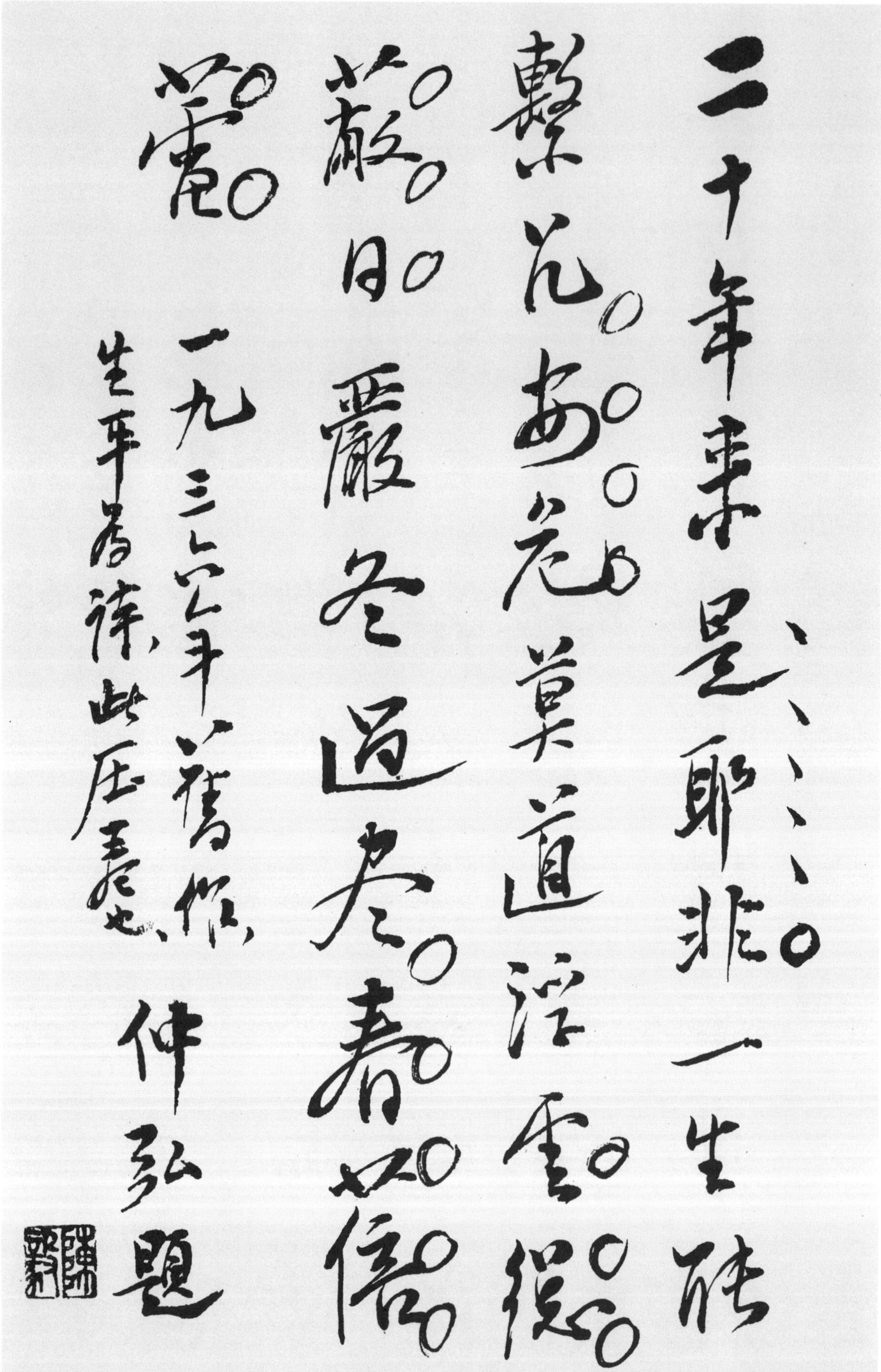
二十年來是、、、耶非。一生聽
繫幾安危。莫道浮雲終
蔽日。嚴冬過盡春如信
蕾。
一九三六年舊作，
生平為詩此壓卷也。
仲弘題
陳毅

同学相依久，初别意怆然。长记叮咛语，早去复早还。待君继读徊，举酒祝去征。明朝策骏马，萧瑟听此心。知我二三子，情深夫何忘。去去莫复道，松柏耐岁寒。行行过太行，去去赴延安。细细问故居，点点数鬓斑。

赴延安留别华中同志

仲弘记

中華人民共和國國務院總理辦公室

遠崑崙山

一九四三年冬於延安

風雨別華中日人

爛北斗依延安大海聽濤飛

雲紅梅著衣軍將星閃爍

漫漫風路任何不知霜露

餘事驅馬雨聽作此心要低

從談笑學酒程長征明朝

首墓望道松柏耐歲寒時局

知我三千情深處何日去去

夫

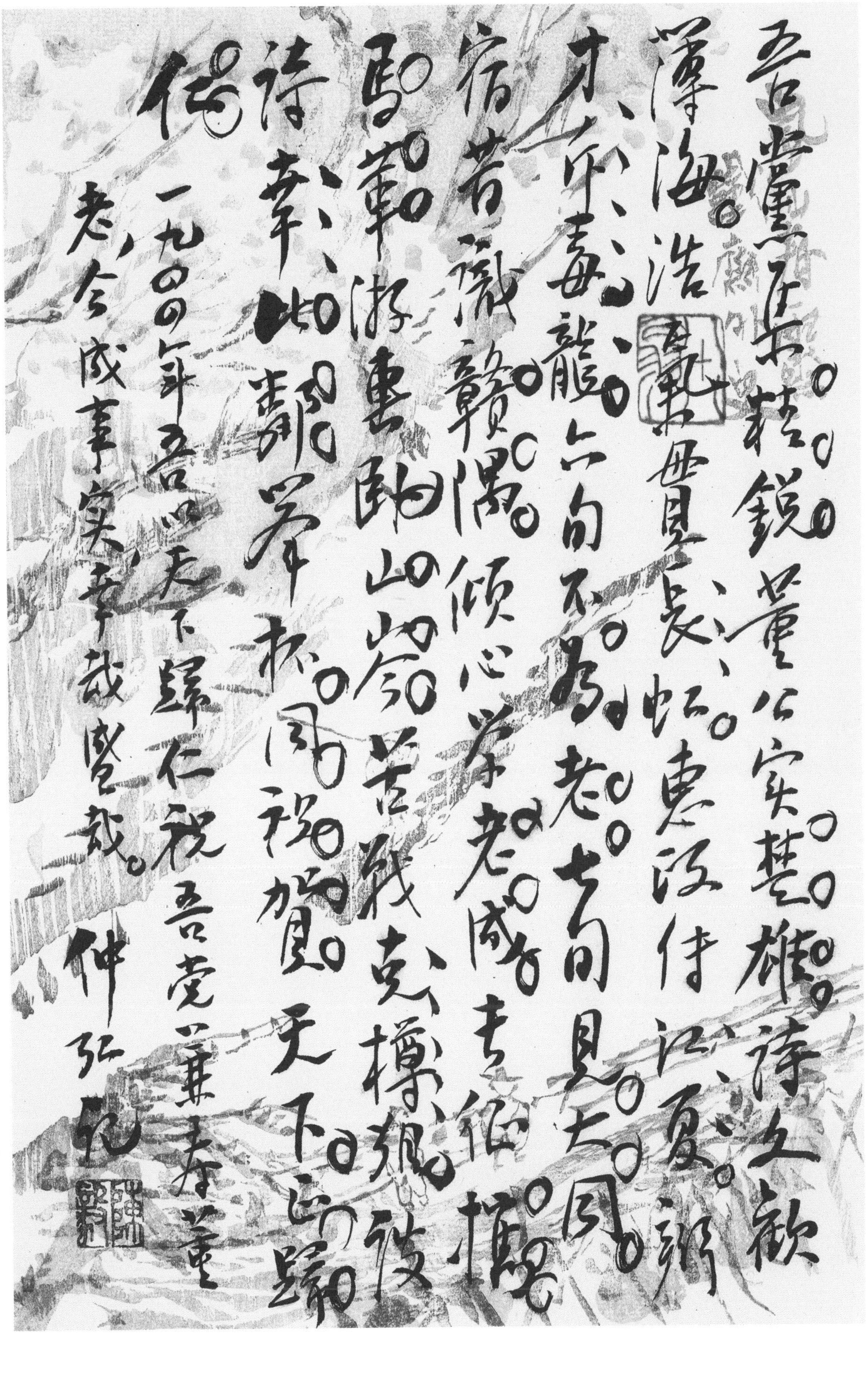
仲弘

秦隴萬山雲。延水堅冰長。諸兄壽五十。瑞氣放光芒。我以後來者。舉杯祝康強。壯勞動與革命。模範四海揚。鵬程作今始。在昔永勿忘。

延安集體祝壽、五十諸兄台、詩以祝之為從安不忘危之意。

陳毅祝

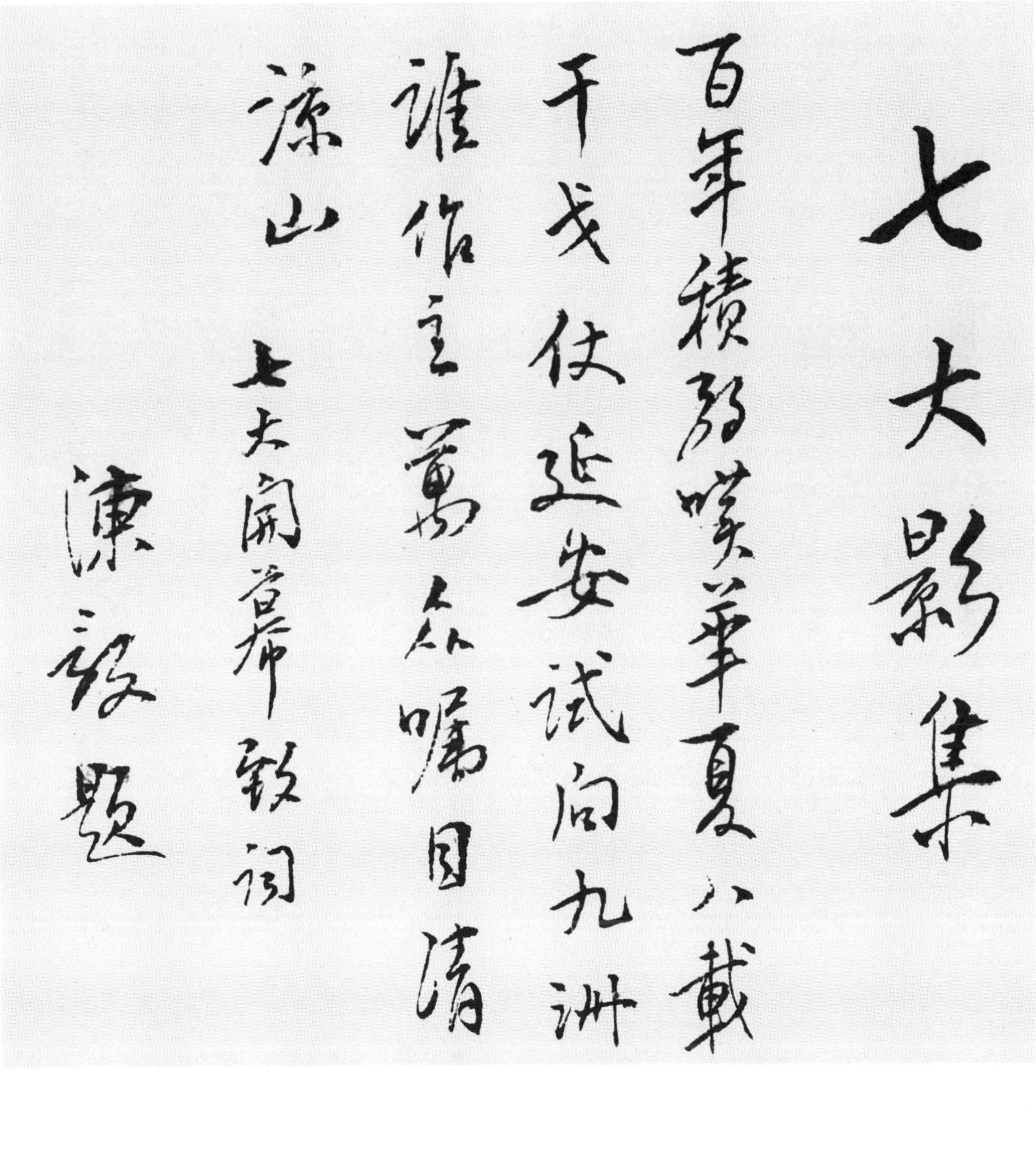
七大影集
百年積弱嘆華夏八載干戈仗延安試向九洲誰作主萬众矚目清涼山
七大開幕致詞
陳毅題

我行未已遍濮陽。騎馬漫平古戰場。誰擲孤注寇萊好。退避三舍晉文強。知政事先軍旅四。至有築室謀道旁。夜坐對月秋蕭瑟。白楊千株放光芒。

一九〇五年秋率全國紀、赴魯西豫。遍濮陽、舊為晉文楚霸戰地。宋時檀淵會盟亦在其地。遊覽竟日、思古興感。程聞毛主席元論、人來質疑、吟成七律一章、就教同仁。政治先知軍。決策依靠。獨斷。毛主席妙論。星火燎原氣勢渺。當日頗多懷疑者、今則何如。陳叔紀

泰山高從萬山從大海威法
在陸容服務人民三十載七
旬今見九洲同

祝朱總司令六十華誕

陳毅仲弘

泰山可易為泰嶽亦可 又及

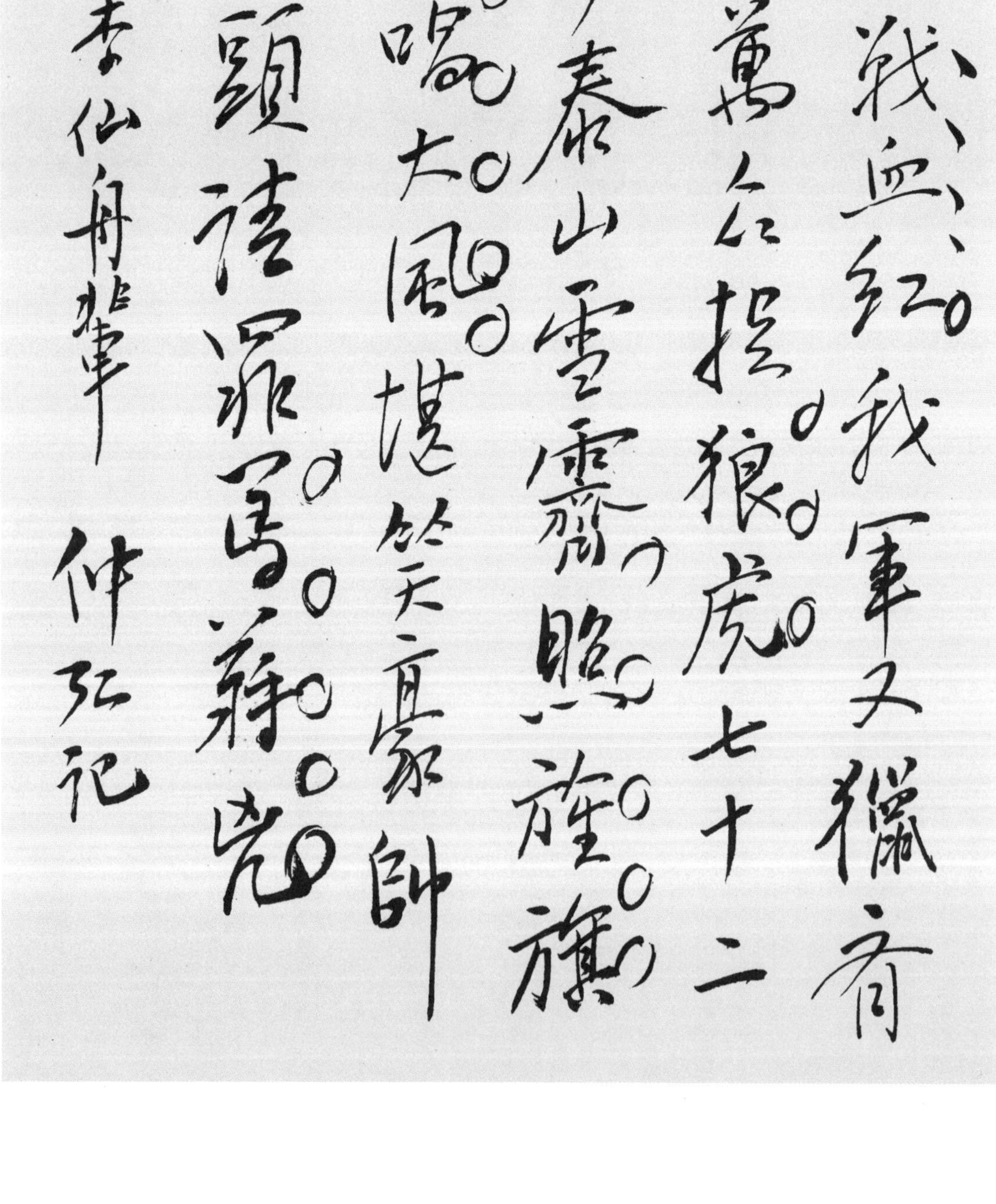
萊蕪淄博戰血紅。我軍殲齊
魯東。百千萬衆擒狼。虎。七十二
崮誌。偉。功。泰山雲霧照。旌。旗。
渤海波翻。喝。大。風。堪笑豪帥
屈。膝。。叩頭請罪罵。蔣。兇。
豪帥指李仙舟輩
仲弘記

临沂、蒙阴、新泰。路转峰回石怪。一遍好风景。七十二崮堪爱。堪爱，堪爱，蒋军进攻必败。

此词作于孟良崮大捷之前

陈毅记

和郭副司令并呈 朱總司令以志
其親臨南线之快
讀羅秋詩興不殘又將遠筆付深
談從戎令下風揮雪 立馬吳山異風
南 首夏清和花草殘為討不庭
向江南 郭郎妙筆留春在總應乾
詩氣如磐 我為兄回振學讀反復
指點計艱難 北线邇來傳屢捷

逐鹿自古在中原　恥殺不吉祥
得天下東征西怨萬方從渴之不作
驚人語大度自然是英雄
陳毅未是草
一九四八年五月廿日於濮陽

八十万，民工走不通。汽车路马道。粮食大军往东西。多东前线，争立功。担架队，民夫不辞劳累。伤兵抬得抱，伤员同志常夸最高贵。不能有减退。吉普汽车，他们美国车电，烛光辉红胜。火摩托声音响如雷霆之运千倍。老战士，四五年久经战，拔阵地，爱民作模范。军政学习兴日最浓，杀敌气益忙。新战士，初来，排除老土路时期，日后绩积多。军前线更热疯狂，杀敌似虎狼。许同志，解放前后，以前痛苦，跟君后我是壮丁被抓来，苦亦辞哉。

用忆江南调咏前线所见，取其切近事实，不以词翰工巧为意。 仲弘

刘季王关中，魂魄思故乡。衣锦荣归日，丰沛乐称觞。一歌大风起，二歌威武扬，三叹无猛士，何人守四方。岂料平城役，败北实堪伤。中国统治者，奴性最昭彰。媚外而压内，千古如斯耶。今当抗日战，投降屡披猖。岂有人民在，诛除国之殃。 仲弘

柳岸汀烟对夕晖。長天淮水鷺争飛。雲山入眼碧空杳。
我藉騎鯨去不歸（步淮）。十年戰爭老人間，不見同儕並馬歸。
江淮（沂）漢今誰屬，紅旗十月滿天飛（贈利黃遁）。閩陝齊魯任君行。萬里長征不計程。太行山上辭殘雪，延安城頭望柳青（送沈）。
黃河故道千里沙。旅途寄宿兩三家。細雨黃昏人瘦困。魚夜寫窗數書聲（渡河）。
教汝倍人不倍人，教汝不為衛為狗。而今俯首就擒日，仍（自）教汝為人狗（示郝鵬舉）。

錄歷年絕句五首，每首命意及作向均不同，似覺可誦，詩不必佳也。

陳仲子記 一九四九年八月卅一日

开国小诗六首 仿冯焯章律呈 唐叙英

天安门上望，下面人如海，举头红五星，共庆山河改。

天安门上坐，京阙庆新改，回忆大革命，流血三十载。

天安门上望，红旗似大海，万岁狂呼罢，军民其主宰。

之首依北斗、之戎氣不海、君莫其桂陶、
開國大文來。
人民慶開國、五四九年、出塞秋花發
維此歲不寒。
狂歌遠落海、國際慶偉級、人民世紀盛
大同可頭看。

革命久經戎、勝利不自期、隆與今眼見

此生信不崖。

寄日京要大句、向國得雅言、拙作何足數、

挂冠謙累覽。

上海市人民政府

莫干好，遍地是修篁。夾道萬竿成綠海，風來鳳尾羅拉長。小窗排隊長。

莫干好，大霧從嶺瀰天。時聚時散渾難定，迷失樓台咫尺間，程來喜曆離。

莫干好，雨後看晴雲。絕白雲兄鋪蝶，有天無地蹟空靈，數峰常表經亭。

莫干好，夜景最深沉，隐樹
直觀遠山海，静寂惟有虫
哀鳴，心境平更平。莫干
好，最好遊夏，劍池飛瀑濺
倚廬，塔山遠景是高歌，結
伴舞婆娑。莫干好，如衣
山河改，換日衆洪此係人民請
風雨月不閑覓，華夏敬文

上海市人民政府

来。莫干好，请君冒雨游，石磴千级试腰脚，百寻涧底望高楼，天外云自流。

一九五七年七月十九日

横渠作于莫干

遊青島兼呈郭副經理

五四年青島，於今五年。常思游覽名區，錯机緣。今番得空來遊，目看不全。海市燦煌（輝），海收大田。海市須羣山，遠島似劃圓，（隱）約可見。黑影相聯。巨船泊海中，火樹花發燦爛。只看不憐是。

洋程登临前。沉吟不胜情。海
天思绵绵。此是弹丸地。史实可
细语。德日先后来。相继肆兇
残。依靠人民力。曾几没主权。
又异没国铁骑。依然若无元度
幸今解放。国土寸步不予。再言远
古来。额君首庆况桓。若仲有

雄君。利用漁鹽。田單更
睦事。請試勝之南。即墨破
安守。誠退國土完。以後有
田橫。抗漢皇之詔。從義五
百人。之慷俠負康。應留名
青年。于日。代代有名賢。近代
抗日戰。濰書敵腿實其。陸持

讨之后。胜利操在手。一雨
设欲美[illegible]。兼程[illegible]胜美[illegible]。
即今日海亭中。古岸如潦。
信君之伸手。[illegible]必
鲁还。识者海水清。甚青
思帝属。识者松柏青。女
青梁木岸宿出。试春鹏

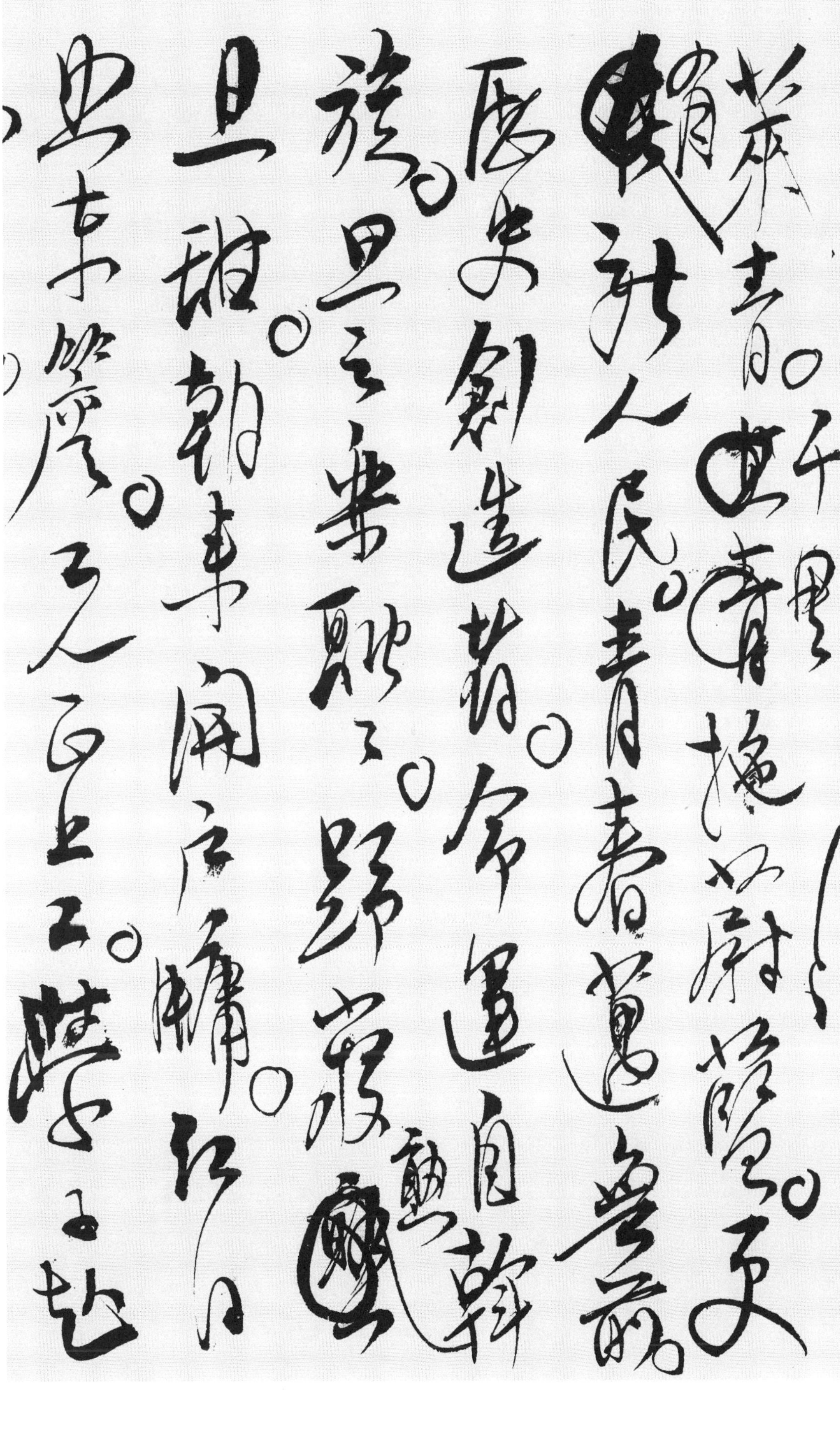

桃園。吾亦正操作。道夫開
狂瀾。更有休養生息安心
度隙間。一切宇宙中藏
躍海何處。下他新氣象。
重宇天霽海，也重線浩戈
使風自由以類。
人

以無世不識面、文藻實
後師、遺宅願來訪、
憑弔更依依！
陳毅留言
一九五五年二月四日

童年曾在錦城住，
每見濯錦色似銀。
今日錦城真是錦，
三大改造錦人人。

我家國都花事了，只
有月季開得好。西川
建設大開花，好約君
為看花來。

南行所見

朝辭、京城軍雪滿天夕過黃河冰塞川中
原大地麥未綻瓦點翠綠飛騰閃

長江大橋

波浪萬天傍為龍江限南北歷史向而今建
設開生面鐵橋飛架正為虹十
一橋飛架正為虹長江上下在龍長江上
下龍就載得世界進大同
十

嶽麓山頂眺望

嶽麓山頭任我行　三湘衣望絕風神　雨雲來衡嶽日夜江聲下洞庭　戰爭破壞成往事　建設峰峰萬莫太平　終到江河澄清日　華夏之寧六億人

登廣州鎮海樓

羊城高樓接大荒　五百餘載鎮海疆　回時花木春爛漫　滿腔譜調古鏗鏘　百年海船節以來　福歷代論定當篇章　最是人民革命好　黃花崗連紅花崗

二萬年前此海洋而今沖積派珠江白雲苗如濤山水綠芳村花地草木香潮汕農產千斤縣韶連礦藏億噸（?）黃（?）百粵同來形勝地人民建設爲（?）生光

從化溫泉療養

驅車辭廣州，直去從化北。羣山環抱中，溫泉從地裂。熱到六十度，魚肉還可熟。含碳鉀鈉等，醫療功效特。疏居休養所，依山傍水設。晨起對遠山，夜坐掇明月。寒泉常淺流，於協綠又潤。青松矮紙之，竹以陰閑紅葉。更有不謝花，四時呈五色。徜徉佳山水，吾生洵難得。感此寧靜場，重我興學志。

窗前紫荊花

滿樹紫荊花。笑立窗前。風吹翻紅浪。灼灼似火燒。日間又引喜鵲。每每動手打。夜來又惹趣。月照沙掩籬笆。更喜閑滿樹。回時不凋殘。此真山莊南春。不識冰雪寒。

温泉晚步

來到溪山。絕勝處。安排筆硯。印為家。看羅浮瀑布[illegible]。溪上常月起。沙

天逌臨

溪

記海南島通什市到屯昌途中所見

崇山峻嶺重疊，翠綠叢中，間以深黄緞帶。軍民施工，真雄偉。畫白櫻車似石磙。夜到通什會舊友，談兒女。族際互愛早如天。氣轉陰沉，便嘆今日晴不再。驅車翻上陡峭嶺，驚訝雲海鋪山嶺，內萬屯千堆，浮碧底，回散飛流又轉源。下車欣賞心欲迷，紅白嵩頭更稱快。行行行行重行行，忽見五指伸天外。

訪孫中山先生故居

華夏今尊中山，不可忘革命友、馬列。
功勳昭洪揚，建黨三折肱，武裝一生悵。
遺言我輩後代，須觀救起吾黨，
當以貴遵，華夏力組緣鼎足，膠地，
劃議擬議設政制，擬廢除藩國郡，
不惟以天下建民國，啓新局。
並世未不識西，當求教遂革命開先河，
封建之業，以責遂消卫十年，要革除，地權之均，廣政策合乎理想，非常有其宜。
桓桓中山縣，乃在海之湄，名山環抱，然後堪居。
泡然立張潔，具僑風，故樸仍保，依遠。
未斷野理。平生渴想入是遠書。吉

讀時下雜文因憶魯迅爲長~~歌~~以
誌所感

我愛讀雜文魯迅著作最打害方向準是
非嚴分數甘爲孺子牛敢與千夫對一生無
媚骨至死不饒罪又加文辭美諷刺有深
味
以前在延安有個王實味他亦寫雜文諷
刺頗尖銳笑衣分三色吃飯有五數等
演玉堂春常開跳舞會其實在彼時延
安艱苦活重慶有其志雜[illegible]亦有雜偽

实情均不知我去年所对鄙哉野乎吾甘
为鼠作祟
我话说到此有人相反对你是否民主加人毁
谤罪能你学鲁迅何乎素宗旨难道说
工作结果有违评论请看许多人之难又浪
费笔墨于谈揭仍以改是非与论之标准哉
开口加附牒来业经致埋晚矣空悔愧近来
报文多争鸣生气信每天我必看总看
实有深叹莫非八股少你反驳服膺
我说同志你不必生气怨叹思过再多用脑筋

「今年廣內近來報文多，當我很可貴，但亦加區別，有的對于不對，對者提問也就我不一類，對於不客氣，因此在報紙上對我作教育似的批評，曾成績與總之樣之計在內，不是亂諷刺故意之的人罷，但不作調查，又不當面對其學者之健搜問，諸大加反倍性惚之況年樣之都倒退自己亂陣容，敵人喊萬歲，那里像魯迅活之王實味。

中華人民共和國國務院總理辦公室

贈緬甸友人

陳毅

我住江之頭，你住江之尾，彼此情無限，共飲一江水。我吸川上流，你吸川下水，川流去不息，彼此共甘美。彼此爲近鄰，友誼長積累，如山青不老，不斷似流水。彼此地相聯，依山復靠水，反帝獲自由，和平同一軌。

中華人民共和國國務院總理辦公室

彼此是亲戚，语言多同执，团结而互助，和平力量伟，临水叹浩淼，登山歌石磊，山似北门，条条南流水。

一九五七年十二月十四日

中華人民共和國國務院總理辦公室

欢迎中国人民志愿军归国

陈毅

（一）

志愿军的同志们，
欢迎你们归国。
你们交结了朋友，
你们打败了敌人。
你们保卫了祖国，
你们捍卫了和平。
你们的功勋万古存！

在战争中

三八线上的友情。

（二）

你们交结了朝鲜人民这个最好的朋友，
~~这个朋友[illegible]援助了你们~~
朝鲜人是中国人的亲人，
中国人是朝鲜人的亲人。
中朝友谊万古存！

（三）

志愿军的同志们，
欢迎你们归国。
你们在朝鲜打败了凶恶的敌人，
他们自吹二百年来未打过

志愿军的同志们，
欢迎你们归国。

中華人民共和國國務院總理辦公室

战友，

又是这场战胜朝鲜人和中国人。

经过伟大的作战，考验出

中朝军队有才能。

中朝[redacted]万古存！

（回）团结

志愿军的同志们，

欢迎你们归国。

你们保卫了祖国的建设

祖国的建设也支援了你们。

一面作战一面建设。

这一最宝贵的经验；

说服了一切怀疑的

最艰苦的考验了

建设的

也教育了敌人。

十數

中華人民共和國國務院總理辦公室

参加十三陵水库完成典礼

写诗为颂　陈毅

远瞧水填半天横，近看壁

（三）點……三字。截流……速決，四十萬人敢

鉅工五月即期成。

（二）

水库揭幕举挥支，兵加常

动娃字香谁是……建設者

在……工農兵学商。

中華人民共和國國務院總理辦公室

（四）人民公僕遍雲霄，八載建設真辛勤。接連水庫排班去，官廳、懷柔到明陵。

（二）星月淡淡上工地，每日炎炎午不回。百十萬人有內戚，也失日天

（三）勞動來。

三）工地只此

部隊參加修水庫，使之能武裝學報、工農人人要下鄉、下伍，服務為工農。

全國各項皆第一，領導長

中華人民共和國國務院總理辦公室

夜深雞鳴。路沿線廣已早絕，勞動深宵首創人。供此京郊水利潭，一世勞永逸，免旱澇。處處農田被排灌，[illegible]香到苗。

外賓成群來勞動，各國使節不以勞。對我同情私仰謝，一分勞動一分光。

中華人民共和國國務院總理辦公室

（九）

几处起伏佈殘雲，我以建設莫和平。任何局勢可扭轉，掌握命運在人民。

（十）（四）

水利開發大中小，洋土結合到处聞。如年水庫遍中國，山區獨浸沒十三陵。

（利）

（十一）（中）

天上星月正交輝，地面紅霞（燈）應不吹。此是慶功歌樂聲，百

遍地开花

中华人民共和国国务院总理办公室

莫愁舞不须归。

（十二）

风吹水动生云片，西山峦照落霞。江山信美真吾土，~~[illegible]~~看中华。

（十三）

公信人口世无传，打破纪录已风流。而今对准自然界，入地上天逍遥游。

中華人民共和國國務院總理辦公室

雨後重訪十三陵水庫　陳毅

雨後重訪水庫壩，風吹波動漣漪長，

山光秀發質量好，真是建

設王。群公

掃塵工作頗費真，工地人群仍守廠

校，不將館（工）閣一些貴有唱恩公

發山歌。

為山重從年提橫排橫，試看山橫滾

二來，百川攔降排盧讓作淨落

中華人民共和國國務院總理辦公室

②

杉是奇才。
重则已似乘仙槎，南口天半流红
霞，高踞中国西貌段，兀然高山
为海之涯。
古人深慨想唐虞，急兆迷古安图
迷，京郊新旧是石油地，另劲创造
富米鱼。
多水为害铁印灾，自来灾害解
不开，人民治水水性多，稿律奉

中華人民共和國國務院總理辦公室

③

救到文哉。
傅作大岳[redacted]使治江治水、[redacted]周神禹治遠
疏導九河述
言、今日治水
萬世[redacted]其萬欲、[redacted]以文(?)紹覽
道前賢。 應知
右論首提為成績、建設遍地安
何言、報到李季豐碩、五年計
劃一年完。
世界勤勞人料、 姑且閒头般不
能、倒而今大躍進、一年勝過叙
叫

百年。
划地为牢不可终，故纸堆中黑
废人，只要思想大解放，人民群
众真学了他。
述而不作固迷古，寻章摘句
乃教条，具体实践是根本，理
论根据知远道。
文艺为农村多数子，科技农村
气更宜家喻，征去得张清远

更喜人。

回總將張公。

中華人民共和國國務院總理辦公室

指日農村已成富田。城市工業大躍進，科技革命日日新，工農結合互推動，城鄉[redacted]

[redacted]

終日乾乾，征路鷹，風雨不怕臨[redacted]待總

鳴，政治掛帥[redacted]真卓絕，[redacted]建設[redacted]重點[redacted]

始下圍棋善做眼，今以水眼論

六千部，全國水眼數不盡，妙手

中華人民共和國國務院總理辦公室

佈局首三高。依山環抱帝王陵，陪差搭苦差自有人，過客多情比今古，空言水庫不虛傳，建設躍進舉國家，讓他懷疑者看聽，最好說服是事實，鋼糧煤電漲如潮。

中國共產党河南省委員会信箋

遊中嶽廟

巍巍中嶽廟
少林知名刹
劍乾雙覓
氣浑蕩日陣
往依斜坡上
四圍青乐林
張有漢古柏
稀疏不成屏
一經風雨集
通篇之藝術

元使高韵天
借為 ~~四面~~ 娛山神
亦之文彩
豈不笑死人
而今此景變
公社大風行
改造荒和谷
革命永不停
戰勝大自然
萬世開太平

167

在天安門前　陳毅

①

天安門前似海洋，
老是緊張，老是繁忙！

車輛運送忙。
地下管道安裝忙。
地上綠化忙。
幾座大建築的腳手架
高聳入雲壓低宮牆。
幾台大吊車在屋頂上吊運忙。
它們將安裝幾十根重的大鋼樑。

真緊張，真繁忙！
要建設幾座高樓，
來開闢一個大廣場。

②

这高楼能容纳万人会議
这广场能供几百万军民
列队成行。

强大的新中国的首都，
应该有这样雄伟的规模。
那狭窄的舊世界，
連这想也不敢想！

哎呀！
这太紧張。
哎呀！
这太繁忙。
人是血肉做的，
这样繁忙，

③

哪怕就是钢铁
也要磨光。

哈哈，同志！

生活就是紧张，
也免不了繁忙。
这世界有地方是饑餓的紧张，
这世界有地方是失業的繁忙。
比如我中国老乡
被侵略难道還轻松？
反而我难道一点儿不忙？
两者比较来一个选择：
我宁愿改在这样的紧张，
改在这样的繁忙！

④

喂，看這工地上[redacted]的工人們，
他們的意志多麼堅強。
他們的[redacted]多麼有組織。 工作
起 他們幹得緊張。
他們[redacted]不怕什麼艱難。

他們為建設打先鋒。 榜
他們為建設作榜樣。
他們與全國人民一道
把新中國的建設扛在肩上。

[redacted]
新中國的建設，
正發出萬道光芒。
上達宇宙，
下遍四方。

5

我敢断言：
新中国的咀咒者，
与破坏者，
一定被我们战败，
要向我们投降。

177

594

中華人民共和國國務院

沈尹默先生送詩紀念京滬解放十周年步韻奉和。

陳毅

（一）

席捲全國解放風，
雄師百萬下江東。
十年一瞬不虛度，
建設躍進~~前途宏~~。
奏初功

中華人民共和國國務院

（二）

雄師百萬下江東，（是）

辭廟倉皇有[illegible]光。

哀老人心不自悔，

犁庭掃穴本最公。（[illegible]）

（三）

春水方生需渡口，

大軍此處過江東。（[illegible]）

秦淮[illegible][illegible][illegible]傳[illegible]，（[illegible]）

中華人民共和國國務院

锺山□□青葱。

（四）、

雄师百万下江东，

南京（上海）落掌中。

十万□□□□□

□□□□民工。

请他去接主，好

主要是山第一笔，

美援美械美兵工。

中華人民共和國國務院

自謂深學解搏公，
一霎偃教小流車。

（六）

解放京滬五道事，（浩蕩）
大軍整肅勝雄風。
進 由今猶憶入城日， 至
夾道獻花滿蒼空。

（七）

~~[illegible]~~，

中華人民共和國國務院

万年華夏陸沉中。
一朝扭轉成新局，
感謝領導最精工。

（八）

誰知領導最精工，
為了培養好作風。
渡江关鍵親指點，
聚殲敵軍不落空。

翻天覆地，造海移山。
禹疏传名，蓄被无华。
施工飞速，万众争先。
旱涝永别，潮白改观。
有水有电，丰硕之端。
嘉庆以泥上，提舟同欢，
和平友谊，举世百次，
最长城夜，操波连天

密云密云
氣象萬千
潤我京華
福利民也

59.4.10日下午

①

~~回重訪延安~~　陳毅

空中望宝塔山

太白雪高風更吹，
单机静訪延安飛。
忽然宝塔空中見，
大喜故人天外歸。

王家坪

重回王家坪，
八路舊址在。
声威播天下，（震）
總要靠人民。

②

桃園

依舊桃園樹萬株，
延安霜降葉仍多。
同來游伴為指點，
此處當年~~舞[illegible][illegible]~~紐秧歌。

過楊家嶺故居

楊家嶺內景依然，
窯洞陳設仍舊全。
長憶整風曾住此，
七大一別十四年。

③

中央大禮堂看歌舞戲

依舊歌舞慶五壹，
歡令全國成慣常。
料知家國（人民）大富禧，
文化經常是食糧。

四八烈士

高空失事喪飛機，
舉海悲騰哭俊良。
勝利一籠得安土，
風儀永為世之師。

卅六

棗園

何事棗園游。
記從前，人民
革命，
中央曾住。
小米步槍臨大敵，
鬥爭真個艱苦。
談追尋領導高處。
深知人心向背，
敢發誓制人殲強虜。
論豐功，
空前古。

XXXXXXXX（隔一行）

先生雅量多风趣。
常仰侵宵然后两目睡，
直到卓午。
想来集字诗工作，
每逢拂晓更试。
看四周山崖不语，
又追问长官况和，
越张遣词雅曾至。
纸色来，
歌起舞。

再别延安

工业发展数千倍，
农产已过小丰足。
水土保持真正好，
山树树林花若诗笔。

人到延安皆欲诗，
我来延安成诗速。
延安原是好题目，
此间无出大手笔。

道

人人皆到延安好，
我到延安興不窮。
整風精神最堪憶，
東方於此見巨龍。

一日讀書與紡紗，
晚來忽見小兒童。
十年之後重再來，　改
珍重天長延安別。

红白东北黔之阳，出遍地下奇宝

藏，稀有金属最可贵，我国前

途更辉煌。公私处处见富矿，

交通四达，再有十年

大跃进，岂卅遍地气象金。

十年建设

征人来欲，建设金钱宝乾坤。闻来歌

上东山头，黄河金景一眼收，新城气象

城尽江山为此迷离册

花溪杂咏

真山真水到处是，花溪布局更天然，十里河滩明如镜，几步花圃几农田。

蛇岩龟山相对峙，麒麟洞古迹亦似玉屏，攀上接天东岸游遍看，程钓人。

594
10月4

138

幸寨水库已修工，莲花山峰被前年，湖水碧绿三十里，夹岸桃花也眼明。

公社农业机械站，十部耕器左右流，此是历史新开始，机械已代人辛勤。

弟兄民族最相亲，好像依依一家人，公社内外大合作，共同感谢党恩情。

花溪棋亭倚山腰，美人聚此楼振敲，劝君让他先一着，何要制人棋最高。

东安农家小停留，晨香溪水绿无边，农村无比园林化，弹丹宫福称永繁。

少小出三峡
风帆画里看
往嫌太狭窄
吴楚天地宽

别离去国日
返乡四十年
江山更如画
人物竟光前

三峡作

蜀道真如天。
江行万山间。
每到穷绝处。
从破一毛关。
峨岷高万丈。
夔巫锁西风。
江流关不住。
众水尽朝东。

修畫五解

在故宮參觀日本現代畫展覽，吉其具獨特風格，作畫解以致敬意。

陳毅 九六〇年六月

畫山畫富士山，畫海畫日本海。再畫太平洋，畫他而今面貌改。

畫侵略者必然失敗，畫反侵略者要奏凱。畫老鼠過街人人喊打，畫送瘟神，瘟神

裝着不睬。畫紙老虎已被戳穿，畫

帝國主義內部正在分解。畫一副

反殖民主義的風暴圖，這張圖

億萬人要買。

畫反修皆似毒草，正被剪除，

畫人民友誼似鮮花，歡迎集

採。畫走狗都被攆下台，畫

反動分子沒有一个不搖擺。

畫家自己都是國人民，畫人民

的勞動創造、就是使畫家自己
作修畫的主宰。
畫全世界人民大團結，畫人民
以鬥爭求和平，建事業輝煌
萬載。

裝訂綫

第 頁

192

中華人民共和國國務院

夕鹤词

日本新剧团在北京演出夕鹤。剧中叙述夕鹤中箭受伤，与平救之。夕鹤化仙女名阿通，嫁与平。阿通以自己羽毛织锦为献。忽被与平受商人播弄，云以锦假去京城千金不能得。与平要求阿通再织锦，但以阿通不窥[他人]窥织锦为条件。与平与奸商违反誓言，阿通拔而诀。余深感夫……人

曲展人名

好

一夜间窥视发现夕鹤原形拔毛织锦

永

金

中華人民共和國國務院

之非義為文我多能詞。

一九六〇年九月陳毅題記。

中華人民共和國國務院

（一）

為國救命恩，
捨身嫁與君。
披毛織錦緞，
表達相愛深。

（二）

同居真美好，
愛情無價寶。
但願長廝守，
天地長不老。

（三）

無論來讒言，
但說京城好。
錦緞到京城，
千金不能找。

（四）

君側竟愚了，
要我再織錦。
心已向京城，
重金不賣人。

中華人民共和國國務院

（五）

为了与君服，
织锦称君心。
只要重爱情，
黄金何足论。

（六）

但求织锦情，
不来窥户牖。
为着窥探之，
夫妻就两分。

（七）

君竟违誓言，
窥户到王家。
亦恨那是人，
君实太负心。

（八）

似此负恩义，
恨人只弃室。
只好两分张，
甘愿永别君。

中華人民共和國國務院

（九）

我看乡劇戲，

甚美乡劇院。

为欣乡劇詞，

歌頌乡劇赞。

（十）（嘉美）

[illegible]潮流，

人民的畫土。

人民的潮流，

同奔狮子吼。

書畫習作

我素愛書畫，
搜求頗辛苦。
而且惜殘篇，
殷勤為綴補。
興來偶臨摹，
試筆喜眉宇。
無奈力不足，
畫虎不成虎。
始知藝文事，
厚今莫薄古。

大雪压孤松
孤松挺且直
要知松高洁
待到雪化时

秋菊能傲霜
风霜重重恶
本性能耐寒
风霜其奈何

隆冬到来时
百花迹已绝
红梅不屈服
一枝立风雪

幽兰在山谷
本自无人识
只为馨香重
求者遍山隅

三峡天下壮
请君乘船游
不求知深浅
上水抗激流

亡羊慨路歧
素丝悲墨子
我亦厌波红
恶共乱朱紫

三峡束长江
数合江流势
谁知大笑后
东流永不返

有人善游泳
数次游长江
云比得宽纵
宇宙莽苍苍

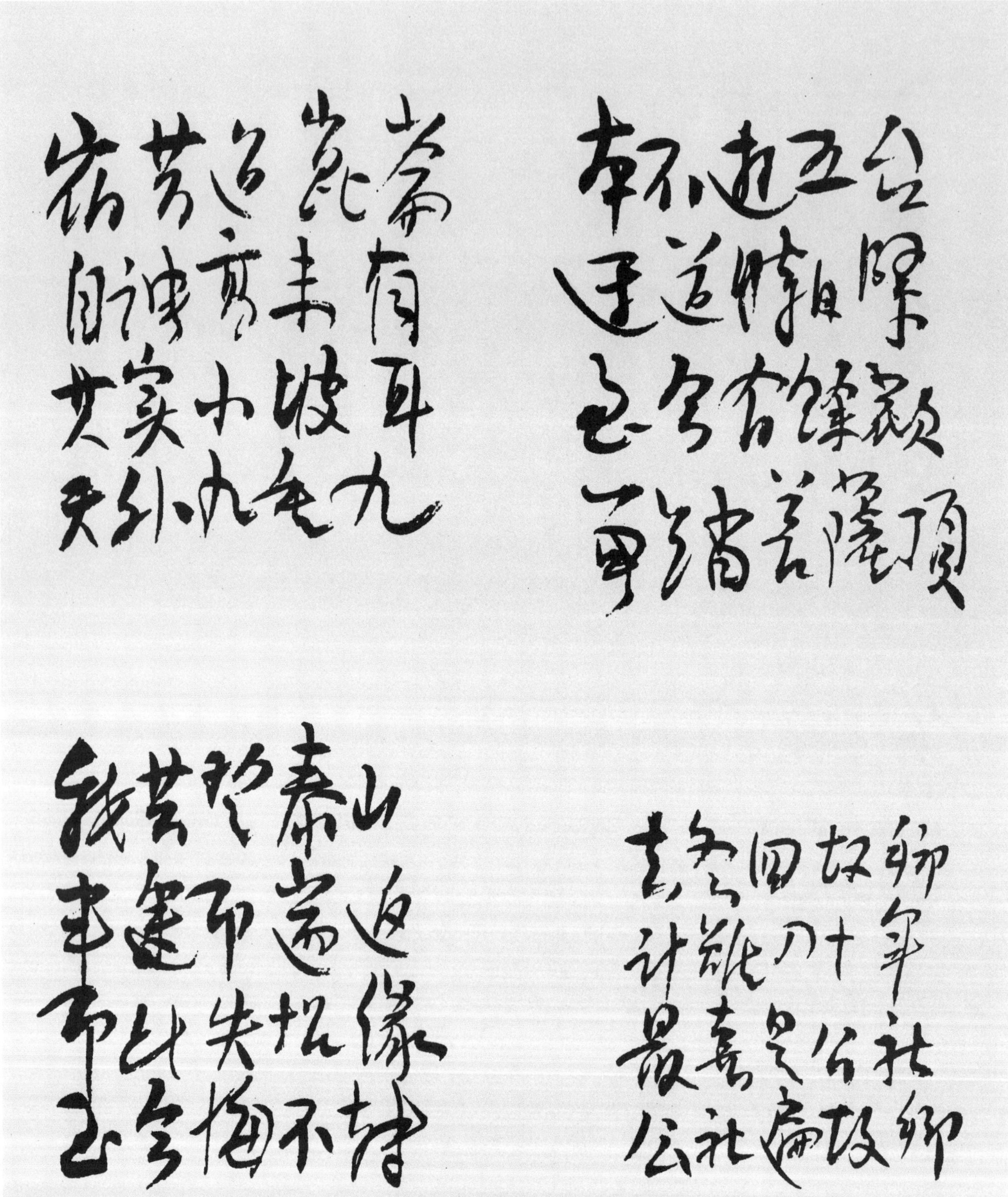

公社通故鄉
到處架社長
[illegible]姑娘六千人
一年八季

你也乘火箭
他也乘火箭
我也乘火箭
火箭不能亂

近頃有火箭
射中及月球
蘇聯之人笑
美利堅之人愁

你有原子彈
他有原子彈
我有原子彈
協議不放彈

你也宇中主
我也宇中主
他也宇中主
根本無中主

以前言裂變
今日言聚變
裂聚固常理
世界仍要變

月球有人歎
火星有人歎
地球有人歎
地球最可貴

世有剝削者
此星應退休
消滅剝削者
世界大團圓

三日不饮食
饿人必死亡
一日不思想
不死亦是亡

群性与个性
两者亦集合
无皮毛不存
无群其奈何

我在太阳系
曾有客星来
若言天外天
银河数千系

阶级社会中
斗争不可少
无产或有产
只有一面倒

恶病求良医
良医現恶病
医病相搏斗
医术於以进

化家而成国
国不设家亦亡
必须国世界
人民万年长

领导人民事
领导众人民
而能相结合
群众真万能

一切机械化
一切自动化
一切电钮化
只手按一下

吾读渊明诗
喜有识生趣（其）
时闻鸟声乐
良苗怀新意

吾读杜甫诗
喜其记载备
干戈乱离中
处处伤时泪

吾读李白诗
喜有浪漫味
大不满现实
遂作游仙辞

吾喜长短句
最喜是苏辛
东坡胸次广
稼轩力万钧

昆明新年　陳毅

急報歲除俱歡欣，滿堂鼓掌迎新年，
踴進湖南更昂揚，不畏長征有困難。
廣土萬里傳電訊，北京歡度同昆明，大家
遙祝三聲好，祥語今年取豐登。
晚會已散不願散，臨歧同志又依依，再話今
年新形勢，敵敗已到日落西。
元旦游湖望浩渺，高原舟千仞攀龍門，青青
太華遙原野，錦繡河山畫不能。

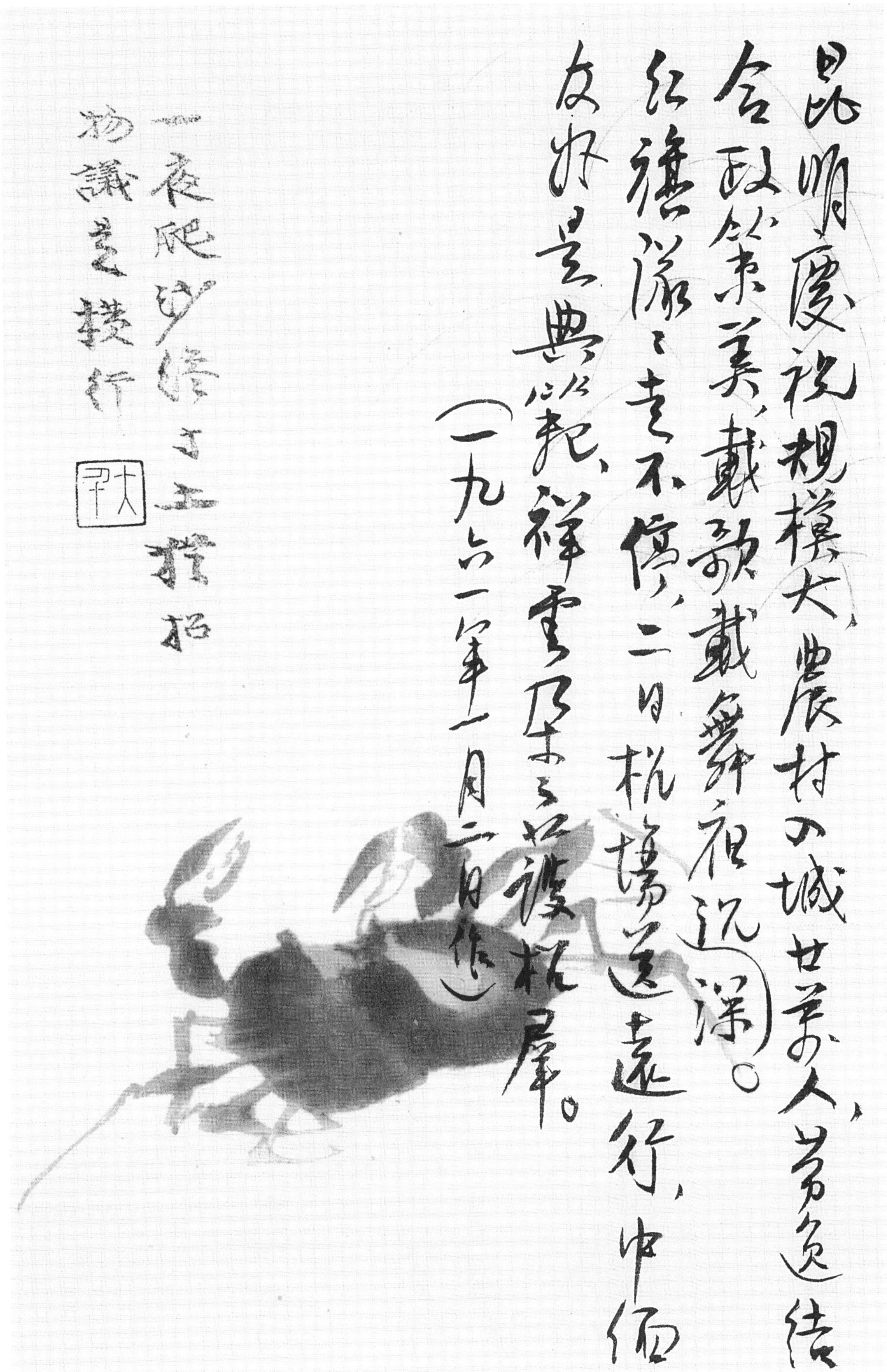

昆明庆祝规模大，农村及城廿万人，劳逸结合欢欣美，载歌载舞夜沉深。红旗漫漫走不停，二日机场送远行，巾帼友好是典范，祥云乃来护机扉。
（一九六一年一月二日作）
一夜爬沙停土揩，物议是横行

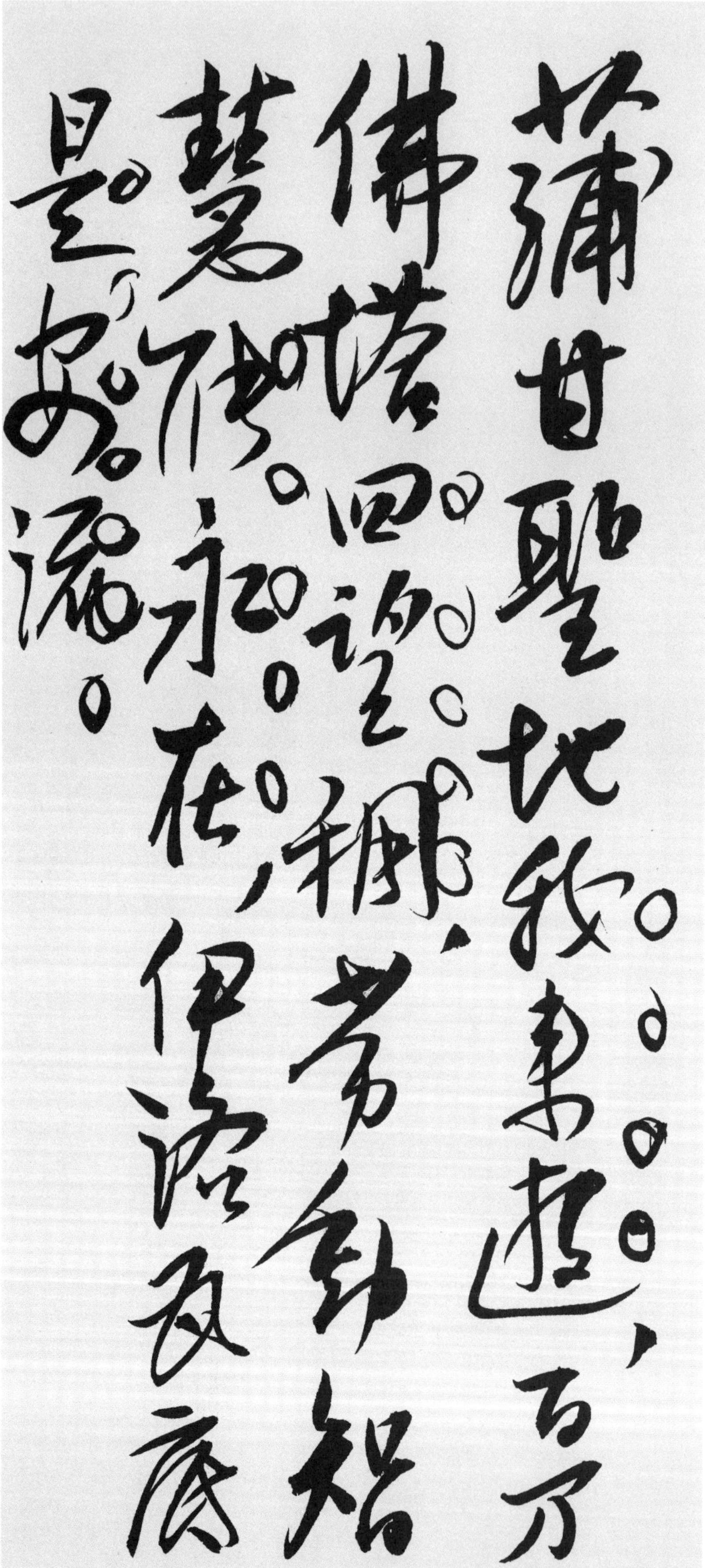

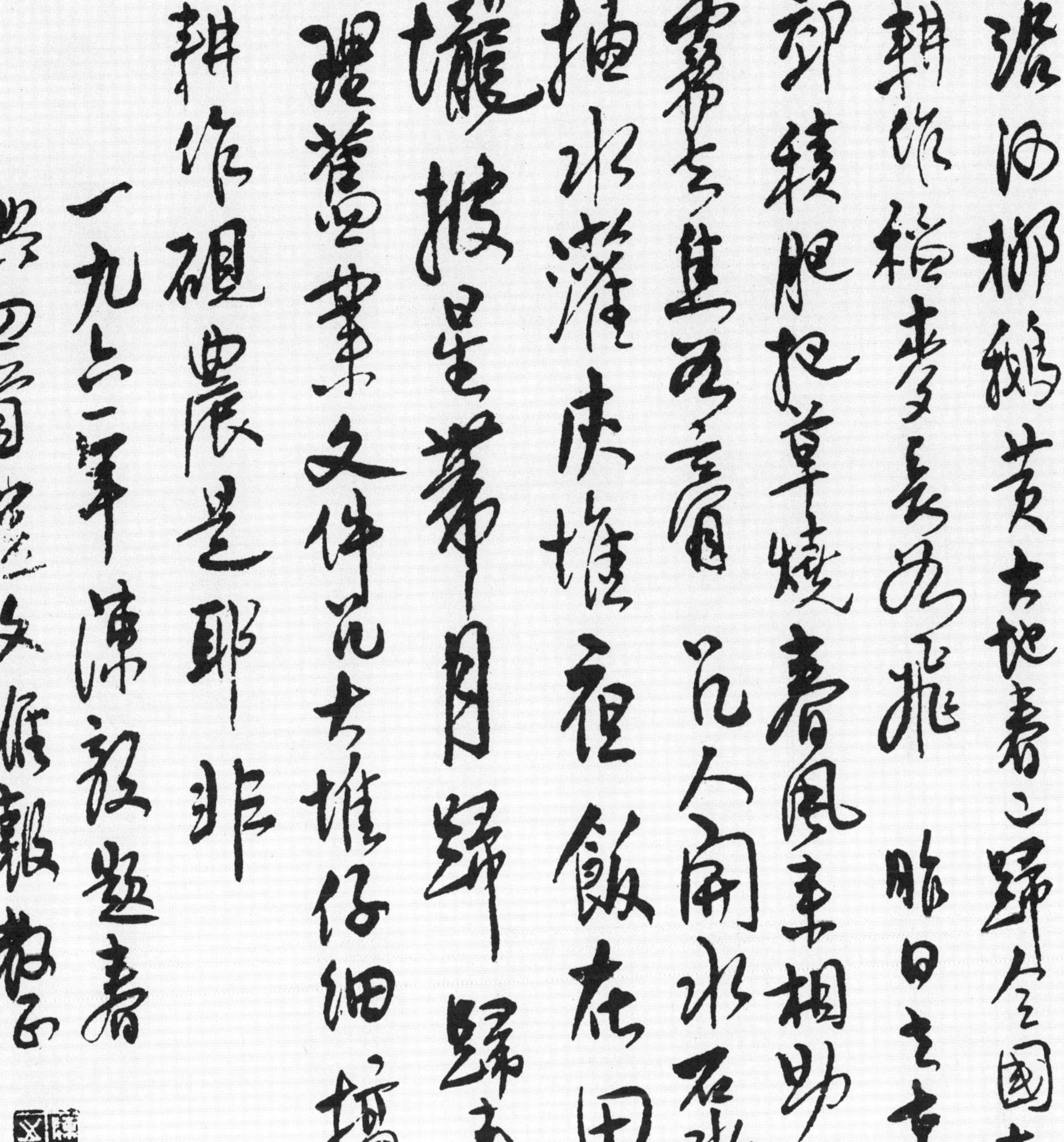
一九六二年陈毅题书

沈老高齡弄柔翰喜錄
主席詩主席詩筆動環
宇沈老書法世早知我
喜兩者成合璧學詩學
書此堪師更喜兩者有

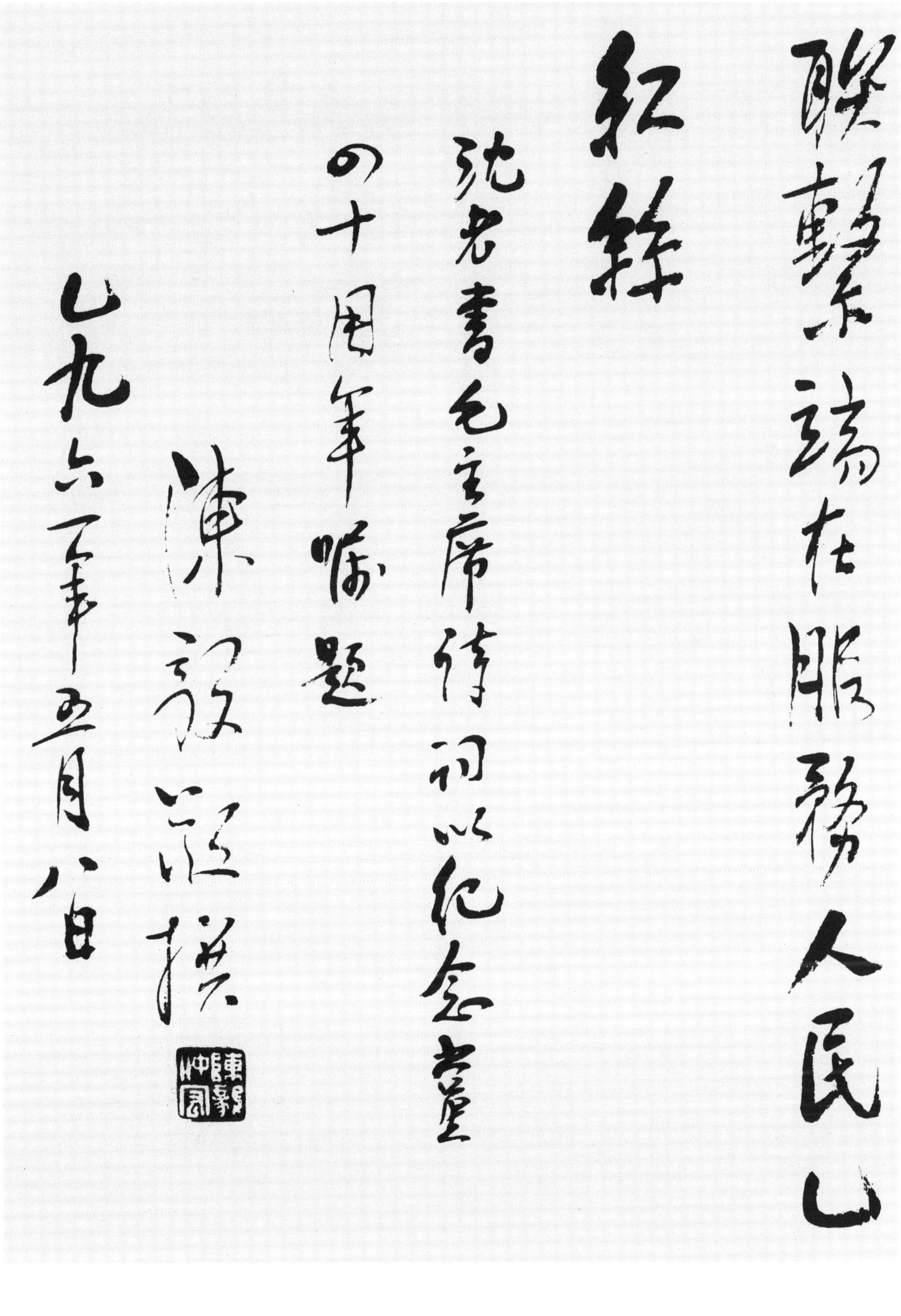
聯繫端在服務人民一
紅綫
沈光書毛主席詩詞以紀念黨
四十周年囑題
陳毅
一九六一年五月八日
陳毅
仲弘

已抄

小丹题卓北
井学の[illegible]之
守纪遵法行
永远记心中
汝是党之子
革命勿忘风
汝是家人子
勤俭受吾宗
勿学纨绔兒
多成百不通
切戒不结实
华中但游空

改名郑子昭
改著作事改
[illegible]
[illegible]
[illegible]
[illegible]讲中
文
[illegible]
[illegible]
人民[illegible]汝
[illegible]
[illegible]
[illegible]

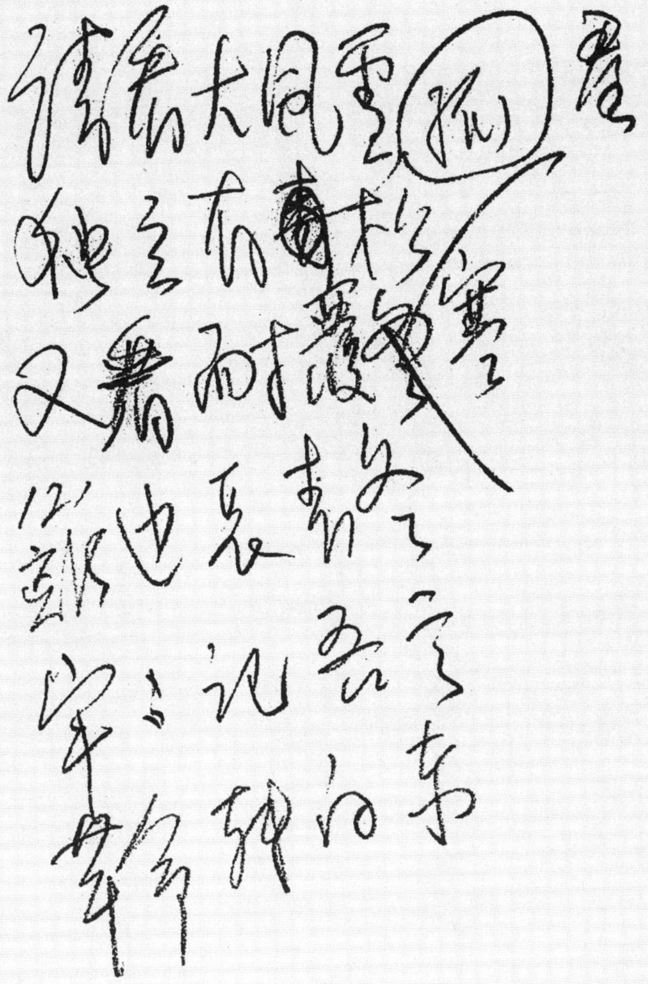

紋枰對坐，從容談兵，研究棋藝，推陳出新，棋雖小道，品德最尊，中國絕藝，源遠根深，繼承發揚，專賴後昆，願我國手，奪取冠軍。

陳毅題詞

非洲情况近如何，到处人民激变多。
沙漠雪山初觉醒，重洋两海泛春波。
殖民新狡谋转化，部族精英起沉疴。
最喜刚果终获胜，不免疆场荷干戈。

黑非今日变红非，大地随民
正式徽，象牙黄金归非主，白
鹰翠鸟有林归，衣冠似雪
男旅壮，妇舞如花女福非，
喜尔新来自家惯，不坏
非侬度春晖。

頤和園五一春游紀事

陳毅

去歲花勝往昔，
今年春更不同。
北京竟無風沙，
清除花草惡龍。仍
××××××××
游園人過七萬，

[illegible]

繁燈光彩如海，
小汽車水馬龍。

海風送

××××××

簫管弦樂齊奏，
~~彩旗飄飄飛舞。~~
大家翩翩起舞，
無分各國賓朋。

氣球直送
[illegible]

××××××

往年谁道不易，封锁

战胜困难气壮。

不问风雨低头，周到

都人人慕是英雄。英

××××××

敢於攻坚敢当，革命

说明事业兴隆。

今后道路更宽，

建设 革命之火熊熊。

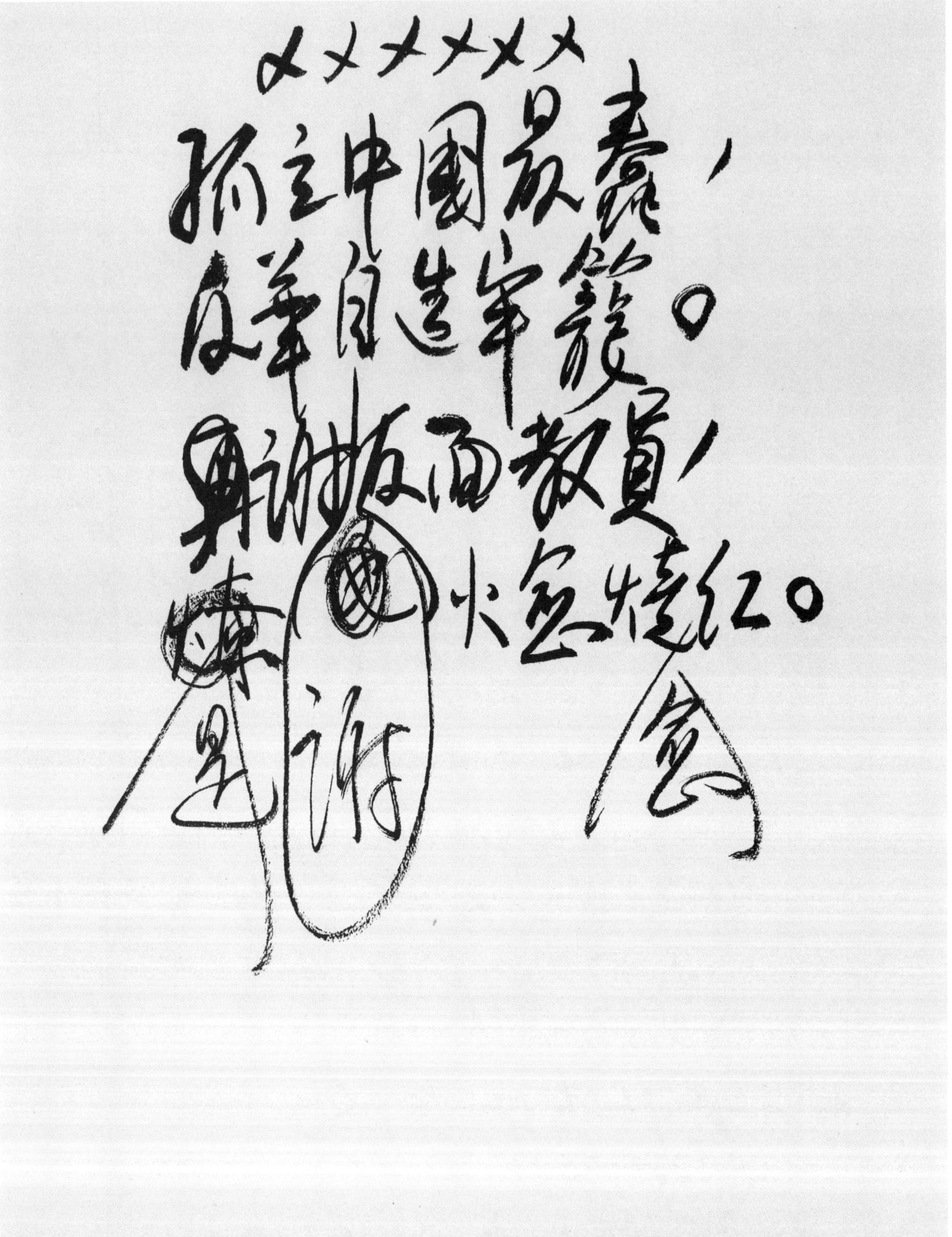

六十三岁满六回甲服
经。王地大革命一个银像
人。○喜得很锻炼、喜工作
勤、喜交结谈、痛改设思想、
喜得帮助、同学是友情、难得
有诤友当面指出、有时很大
是指固所若雪霆、继思大不安、适
歉说出门、接受又据令、细谈
心气平、大大开生面、红日数尺
有时方知来、性急不准停、须也

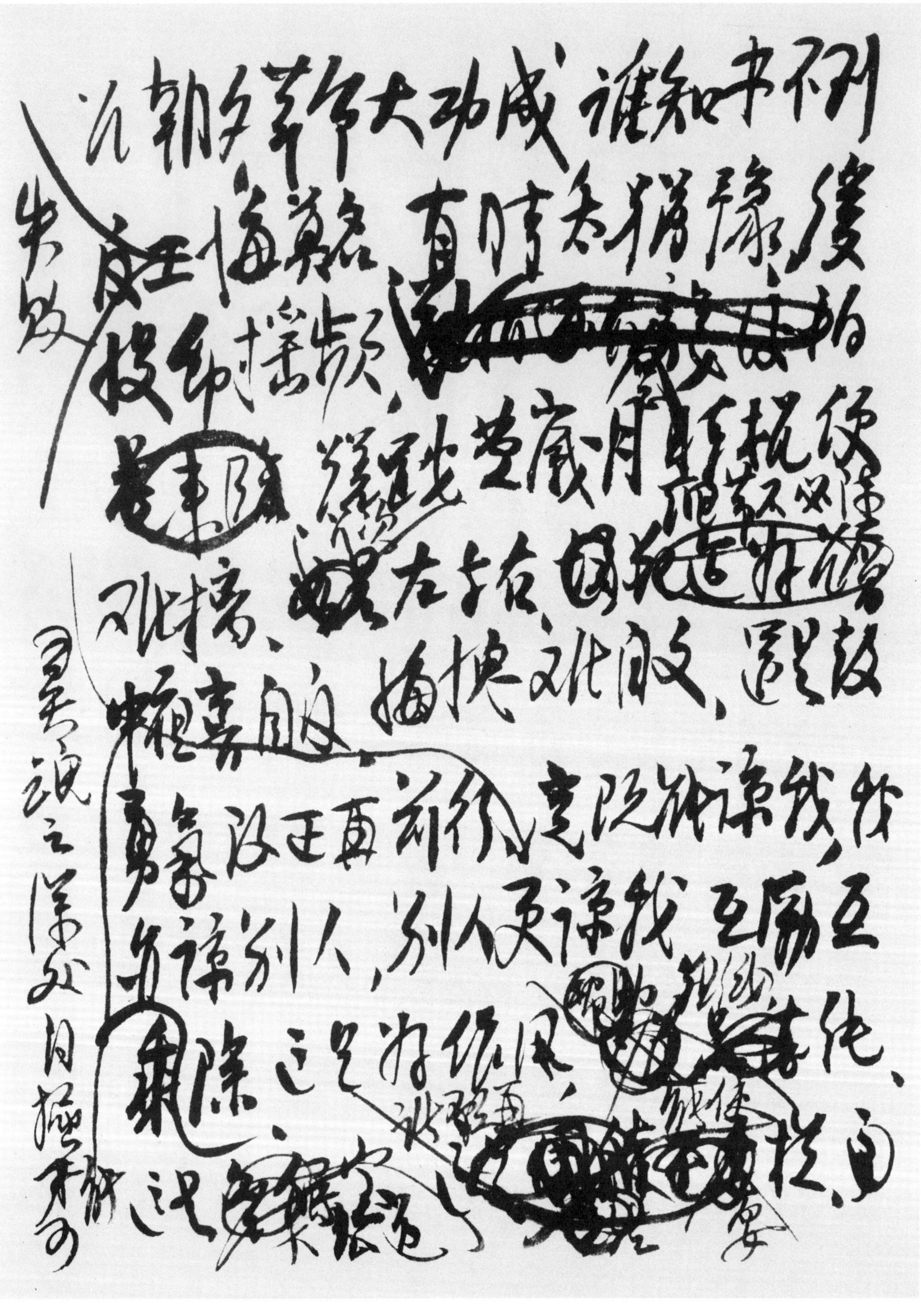

大公道、以大老(?)[illegible]

[illegible] 只有艾老克 [illegible]

大会屋、人民报社党、党便服

人民我是一党员 依我的大王之诚 个

人太丽少小、党屋 [illegible] 苏维 [illegible]

[illegible] 我 [illegible] 十年、 [illegible]

孫换自闻、[illegible]

全民 [illegible] 正路是逐循 百年 [illegible]

不怕、[illegible] 老乱、[illegible] 自 [illegible]

世界正 [illegible]

[illegible]

感事 一九六四年十月

（一）

歷歷眼前事，
笑儿上下台。
爆炸天不坠，
造孽地难埋。
为举荣维奴，
作伥耻修某。
历史最公正，
判决终到来。

葉

(二)

正不能领导，
错误必下台。
先到人民中，
再从群众来。
人民是根本，
真理终不埋。
世界要解放，
且看巧安排。

（三）

國慶十五週，
萬國經營事。
事業皆大喜，
毀謗等塵埃。
科學尖端上，
曲藝革命排。
世界臨變革，
中國大風雷。

去年花市好不与
往年同今年好
更好另見開門
紅華燦照不
夜歌声喜環程

人爭買花任熱
賣花郎花市
年程春風吹
又吹萬人如
海滿頭插花歸

廣州大花市真
个花滿城萬
紫与千红更红
看花人

今年破例留花
市八日开中国花
争艳照春节如
京城
陈毅

西山红叶好，霜重色愈浓。
人事年年此，战争出英雄。

伸手摘红叶，我取红叶连底。

书中夹红叶，红叶颜色好。
请君隔年看，真红不枯槁。

红叶遍西山，红于二月花。
松柏衬其间，相映共一家。

红叶的[illegible]矣，
莫说红已死，
化为迎春花，
万红与千紫。

红叶饰山谷，
中有色朦胧，
左岸君枝叶，
疑是湖底红。

好似红叶上！
好似革命红。
红革命红满天，
红遍神州大地。

陈毅同志诗词选集编成题句二首

一、

同病堪悲怜自勉，
理君遗作见生平。
持枪跃马经殊死，
秉笔勤书赋征程。（记战程）
波漾流溪冬月影，
风迴礁石夏潮声。
残躯何幸逾寒暑，
一卷编成慰我情。

第六字宜用仄声字
可否改用"北征"？
（由苏赴陕北至北征，杜甫有北征诗，比喻陕北）

二、

强扶病体理遗篇，
争取分阴又一年。
把卷忆君平日事，
淋漓兴会溢行间。

后记

在我父亲陈毅同志的诗词选集出版之后，很多读者希望出版他的诗词手稿。文物出版社热心促成此事，汇集了我父亲的手书一百题，编成了这部《陈毅诗稿》。

诗稿的编排大致分三个部分。

开头的一部分，连贯地抄写在朱丝栏稿纸上，这是父亲一九四四年到延安后清理历年诗作时选录的，从《突围口占》到《过太行山书怀》（未抄完）。这一部分手稿因年代久远，保存不善，有些已经残破，出版时稍有删节，并在衔接的地方作了一点技术处理，绝大部分仍保持原状。

中间有一部分，写在素色或印花的信笺上，是父亲一九四九年八月题赠给徐平羽同志的诗词。这一部分保存完好。诗后附有简短的跋语，对于理解作者的意图很有帮助，故显得特别珍贵。

第三部分不像前两部分那样完整，多是一些零散的手稿。少数是父亲的题词，更多的则是草稿（未定稿）。由于父亲在全国解放后一直没有时间对自己的诗稿进行整理，多数作品没有留下完整的定稿，所以不得不选入一些重要作品的草稿，以满足读者的需要。

应该指出，这些诗词在编入《陈毅诗词选集》时，多数都经过加工修改，而这个任务主要是由我的母亲张茜同志来完成的。

对此，我要做一点简要的说明。

父亲写诗的态度是很严肃的。他在一九六二年的一次谈话中讲过自己写作的艰苦。一首诗写成之后，常常不满意，不断地进行修改；发表了又感到追悔，还要改，没有定稿。当人们劝他出版自己的诗集时，他总是以没有改好为理由，婉言谢绝。晚年时他多次表示，要花点时间把自己的诗稿整理改定出来。遗憾的是他所处的环境和他后来的身体情况，使这一愿望无法实现。

母亲是父亲的忠实战友，他们在一起共同生活了三十多年。母亲一九三八年加入新四军，长期从事部队文化工作，搞过创作，写过一些白话诗和旧体诗词，又搞过文艺作品的翻译和编辑工作，后来才转为搞外交工作的。在『文化大革命』中，她和父亲一起经受了林彪、『四人帮』的打击迫害。她当然对于父亲一生的事业有着最深刻的了解。在父亲逝世之后，她也身患不治之症，但她以无产阶级革命战士的坚强意志，毅然决然地把整理父亲遗稿的责任承担起来。

从一九七二年三月十七日母亲动了肺癌切除手术，到一九七四年三月二十日她不幸逝世，这两年时间，她完全是在紧张战斗中度过的。她和病魔搏斗，和『四人帮』煽起的种种诬蔑中伤的妖风斗争，而最费心力的，是对父亲大量的诗词进行加工修改审定，目的是要编成一部再现父亲光辉一生的诗词选集。她终于完成了这项工作，而且把自己的全副心血熔铸于其中了。

对于全部诗词（包括未定稿和已经发表过的诗篇）从思想性和艺术性两个方面进行加工修改，然后按照写作时间的顺序分段编选成集，这是父亲生前表示过的愿望。一九七一年深秋，父亲在病重时曾对母亲交待过这方面的事情。母亲完全是遵照父亲的愿望去做的。很显然，完成这件工作是不容易的，而母亲又身患重病，因而就更困难了。母亲曾表示：限于自己的政治思想水平、斗争阅历和知识能力，担当这项工作是力不从心的。但人们却要公正地说：她在最后两年所表现出来的忘我精神和对于诗歌创作的深厚学力，是十分令人钦敬的，她为父亲诗词作品的定稿和传播做出了巨大的贡献。

介绍了上述情况之后，再看这本诗稿，它与已出版的《陈毅诗词选集》在内容上大体是一致的，但篇名、文字及篇章划分又有许多差异，这是很自然的。对于手稿，应该保持原样，因此我们没有多费功夫去对照选集一一注明其差异点，对于手稿本身的错字和漏字，也没有作改动和勘误，想来读者对此是能够谅解的。

为了纪念我的母亲张茜同志，在书的末尾收入她的手稿《陈毅同志诗词选集编成题后二首》，并从她为《陈毅诗词选集》撰写的序言手稿中集得『陈毅诗稿』四字，作为本书的题签。

陈昊苏

一九七九年二月一日